AF204083

Tucholsky Wagner Zola Scott Sydow Freud Schlegel
Turgenev Wallace Fonatne
Twain Walther von der Vogelweide Fouqué Friedrich II. von Preußen
Weber Freiligrath
Fechner Weiße Rose von Fallersleben Kant Ernst Frey
Fichte Richthofen Frommel
Engels Fielding Hölderlin
Fehrs Faber Flaubert Eichendorff Tacitus Dumas
Eliasberg Ebner Eschenbach
Feuerbach Maximilian I. von Habsburg Fock Zweig
Ewald Eliot Vergil
Goethe Elisabeth von Österreich London
Mendelssohn Balzac Shakespeare Dostojewski Ganghofer
Trackl Lichtenberg Rathenau Doyle Gjellerup
Mommsen Stevenson Tolstoi Hambruch Droste-Hülshoff
Thoma Lenz Hanrieder
Dach Verne von Arnim Hägele Hauff Humboldt
Reuter Rousseau Hagen Hauptmann Gautier
Karrillon Garschin Defoe Baudelaire
Damaschke Descartes Hebbel
Hegel Kussmaul Herder
Wolfram von Eschenbach Dickens Schopenhauer Rilke George
Darwin Melville Grimm Jerome
Bronner Campe Horváth Aristoteles Bebel Proust
Bismarck Vigny Barlach Voltaire Federer Herodot
Gengenbach Heine
Storm Casanova Tersteegen Grillparzer Georgy
Chamberlain Lessing Langbein Gilm Gryphius
Brentano Lafontaine
Strachwitz Claudius Schiller Schilling Kralik Iffland Sokrates
Katharina II. von Rußland Bellamy Raabe Gibbon Tschechow
Gerstäcker
Löns Hesse Hoffmann Gogol Wilde Vulpius
Luther Heym Hofmannsthal Klee Hölty Morgenstern Gleim
Roth Heyse Klopstock Kleist Goedicke
Luxemburg Puschkin Homer Mörike
La Roche Horaz Musil
Machiavelli Kierkegaard Kraft Kraus
Navarra Aurel Musset Lamprecht Kind Kirchhoff Hugo Moltke
Nestroy Marie de France Laotse Ipsen Liebknecht
Nietzsche Nansen Ringelnatz
Marx Lassalle Gorki Klett Leibniz
von Ossietzky May vom Stein Lawrence Irving
Petalozzi Knigge
Platon Pückler Michelangelo Kafka
Sachs Poe Kock
Liebermann
de Sade Praetorius Mistral Zetkin Korolenko

Der Verlag tredition aus Hamburg veröffentlicht in der Reihe **TREDITION CLASSICS** Werke aus mehr als zwei Jahrtausenden. Diese waren zu einem Großteil vergriffen oder nur noch antiquarisch erhältlich.

Symbolfigur für **TREDITION CLASSICS** ist Johannes Gutenberg (1400 — 1468), der Erfinder des Buchdrucks mit Metalllettern und der Druckerpresse.

Mit der Buchreihe **TREDITION CLASSICS** verfolgt tredition das Ziel, tausende Klassiker der Weltliteratur verschiedener Sprachen wieder als gedruckte Bücher aufzulegen – und das weltweit!

Die Buchreihe dient zur Bewahrung der Literatur und Förderung der Kultur. Sie trägt so dazu bei, dass viele tausend Werke nicht in Vergessenheit geraten.

Der Tod Abels

Salomon Geßner

Impressum

Autor: Salomon Geßner
Umschlagkonzept: toepferschumann, Berlin

Verlag: tredition GmbH, Hamburg
ISBN: 978-3-8424-0510-3
Printed in Germany

Rechtlicher Hinweis:
Alle Werke sind nach unserem besten Wissen gemeinfrei und
unterliegen damit nicht mehr dem Urheberrecht.

Ziel der TREDITION CLASSICS ist es, tausende deutsch- und
fremdsprachige Klassiker wieder in Buchform verfügbar zu
machen. Die Werke wurden eingescannt und digitalisiert. Dadurch
können etwaige Fehler nicht komplett ausgeschlossen werden.
Unsere Kooperationspartner und wir von tredition versuchen, die
Werke bestmöglich zu bearbeiten. Sollten Sie trotzdem einen Fehler
finden, bitten wir diesen zu entschuldigen. Die Rechtschreibung der
Originalausgabe wurde unverändert übernommen. Daher können
sich hinsichtlich der Schreibweise Widersprüche zu der heutigen
Rechtschreibung ergeben.

Text der Originalausgabe

Salomon Geßner

Der Tod Abels.

In Fünf Gesaengen.

Zürich bey Orell, Geßner, u. Comp. 1762.

paulò majora canamus,
Non omnes Arbusta juvant, humilesque Myricæ.

Virg. Ecl. IV.

Vorrede.

Ich habe mich an einen hœhern Gegenstand gewaget, um zu wissen, ob meine Fæhigkeiten weiter hinaus reichten, als ich sie bisher versucht hatte. Eine Neugierde, die jedermann haben sollte. Man macht oft einen Dichter furchtsam, der in einer gewissen Dicht-Art glyklich gewesen ist, und will ihn in diese Sphære einzæunen, als wenn er izt da die ganze Bestimmung und die ganze Stærke seines Genie gefunden hætte, wenn er oft mehr durch æussere Umstænde, und vielleicht mehr von ungefehr, als durch besondern Trieb desselben auf diese Bahn ist gefyhrt worden. Wenn auch die Welt dem Dichter nicht mehr Achtung schuldig wære, der sich an die hœhere Poësie wagt, so hat es doch fyr sich schon Belohnungs genug, wenn man ein Styk von weiterm Umfang ausarbeitet. Es ist von tausend Vergnygungen begleitet, wenn man ein grosses Mannigfaltiges zu yberdenken hat, Triebfedern der Handlungen bis zu ihrem ersten Ursprung verfolgt, und Charakteren ausmahlet, und durch verwikelte Begebenheiten immer kennbar fortgehen læßt. Die ganze Natur ist dann ein unerschœpfliches Magazin, mit allem was ist oder seyn kœnnte, woraus das Genie alles das herholet, was seinen geliebten Gegenstand schmyken kann; da ist die ganze Seele in Bewegung, und Fæhigkeiten myssen erwachen, die vielleicht sonst unbekannt geschlummert hætten.

Aber (kœnnen einige sagen) so hætten wir zulezt nichts als Helden-Gedichte und Tragœdien zu lesen. Die ein solches Unglyk befyrchten, myssen wissen, daß ich nur sagen will daß diese Art Arbeit dem Dichter ungemein viel mehr und manigfaltigeres Vergnygen giebt, als jede Dicht-Art von kleinerm Umfang; und so sollt es, meyn[1] ich, auch beym Leser seyn. Indeß haben nur Wenige Zeit und Musse genug, grosse Styke auszuarbeiten; die meisten werden durch ganz andere Beschæftigungen davon abgehalten, und mancher wird von dem gewagten Versuch abstehen, und eine andre Muse um ihre Gunst flehen, die etwas weniger sprœd ist; und so kœnnen wir immer in jeder Dicht-Art Meister-Styke bekommen. Denn ich will derselben keiner zu nahe treten; wynsch ich gleich mehrere Homere, so glaub ich doch, daß Esop oder Anakreon die Bewunderung der ganzen Welt verdienen.

Einige werden sich wundern, und andre ærgern, daß ich eine biblische Geschichte gewehlet habe. Die leztern sind meist Leuthe von ziemlichem Alter, denen ganz andre Beschæftigungen nicht zulassen, die neuere Poësie zu pryfen, die einen redlichen Eifer fyr die Wyrde ihrer Religion haben, und die von der Jugend her Vorurtheile gegen die Poësie behalten haben, welche sie nur aus den Sæchelgen kennen, die damals die Deutschen aufzuweisen hatten, wenige ausgenommen, die weder bekannt noch geschæzt waren. Damals war ein Poët nichts als ein schnakischer Kerl, ein Possenreisser fyr die edle deutsche Nation. Diese bitt ich zu bemerken, und ich rede auch mir mit diesen – – (mit denen red ich nicht, die in unsern biblischen Gedichten gelesen; und das Schœne und Nyzliche so wenig darin empfunden haben, daß sie dieß Unternehmen doch noch zur Synde machen; diesen muß ein gewisser Sinn fehlen, und mit ihnen sich abzugeben, wære eben so læcherlich, als wenn man einem Blinden mit einem Licht vorgehen wollte; die erstern bitt ich also zu bemerken, daß dieß nicht die Wyrde, sondern der elende Verfall der Poësie ist; daß sie immer im Gefolge der Religion gegangen, und ihr nicht geringe Dienste leistet, weil sie die wyrdigste Art ist, Empfindungen der Tugend und der Andacht zu sagen. Sie soll den Verstand auf eine edle Art ergœzen, und das Herz verbessern; sie soll die Menschen fyr jedes Schœne empfindlich und gesittet machen, auch wann sie scherzet, soll sie den Wiz reinigen, und Verachtung fyr Zotten und Grobheit einpflanzen. Poësie von andrer Art veracht ich selbst von ganzer Seele.

Wenn die Poësie das ist, was ich izt gesagt habe, dann ist sie nicht unwyrdig, ihren Stoff aus unsrer Religion zu nehmen. Sie wehlt die biblischen Geschichten, weil ein jeder, der unsre Religion annihmt, dieselben fyr ungezweifelt hælt; und weil sie ihn mehr als alle andern Begebenheiten interessiren; und weil sie da Gelegenheit hat, am klærsten zu zeigen, was wahre Religion fyr Einflysse auf den Menschen in jeder Situation hat. Sie zieht die verschiedenen Charaktere aus ihrer Geschichte ab, und sucht durch die wahrscheinlichsten Umstænde sie zu entwikeln, und in ihrem ganzen Licht lehrreich zumachen. Wenn sich schlechte Kœpfe an das wagen, dann kœnnen freylich ihre Styke mehr schædlich als nyzlich seyn; aber sind das nicht alle schlechte Auslegungen eben so sehr?

Zudem ist dieß eine Freyheit, die sich bisher alle Nationen erlaubt haben, und die, selbst zur Zeit der Reformation, bey uns kein Bedenken erregt hat; man hat damals Dramatische Styke aus der Bibel œffentlich aufzufyhren erlaubt, die der Werth der Poësie nicht, nur die gute Absicht retten konnte.

Aber so wird zulezt die Bibel zur Fabel. Da muß ich nur fragen, welche Geschichte dieß Schiksal gehabt habe? Homer und Virgil haben Styke aus der alten Geschichte gesungen; und doch ist mir kein Volk bekannt, das *dumm genug gewesen wære, aus ihnen die Geschichte zu ergænzen, und zu vergessen, daß sie Dichter und nicht Geschicht-Schreiber sind.*

Noch giebts eine gewisse Gattung Leuthe, die zu gut zu leben wissen, als daß ihnen Helden gefallen sollten, die von nichts als Religion reden, so ernsthaft sind, und so wenig feinen Wiz haben. Wenn sie glyklich nach ihren Sitten und ihrer Denk-Art geschildert werden, wie sehr sind sie da von der Welt, die zu leben weiß, unterschieden! Was fyr eine einfæltige Sprache! Was fyr Sitten! Sie myssen ihnen eben so læcherlich seyn, als Homers Helden vielen Franzosen, weil sie nicht Franzosen sind. Diesen muß ich im Vertrauen sagen, daß mir, als einem jungen Herrn, der auch zu leben wissen will, an ihrem Beyfall zu viel gelegen ist, und daß ich, um sie gut zu behalten, das gleiche Sujet auch fyr sie zurichten will. Ich will dann trachten, eine Liebes-Intrigue, (und was ist ein Episches Gedicht ohne das? Alles, was feinen Geschmak hat, muß es verlachen!) das werd ich darin anbringen. Abel wird dann ein zærtlicher junger Herr seyn und Kain wie ein Russischer Hauptmann; und Adam soll nichts reden, das nicht ein betagter Franzose, der die Welt kennt, sagen kœnnte.

DER
TOD ABELS.

ERSTER GESANG.

EIn erhabnes Lied mœcht' ich izt singen, die Haushaltung der Erstgeschaffenen nach dem traurigen Fall, und den ersten, der seinen
Staub der Erde wieder gab, der durch die Wuth seines Bruders fiel.
Ruhe du izt, sanfte lændliche Flöt', auf der ich sonst die gefællige
Einfalt und die Sitten des Landmanns sang. Stehe du mir bey, Muse,
oder edle Begeistrung, die du des Dichters Seel' erfyllest, wenn er in
stiller Einsamkeit staunt, bey nächtlichen Stunden, wenn der Mond
über ihm leuchtet, oder im Dunkel des Hains, oder bey der einsam
beschatteten Quelle. Wenn dann die heilige Entzükung seiner Seele
sich bemæchtigt, dann schwingt sich die Einbildungs-Kraft erhizt
empor, und fliegt mit kyhnern Schwingen durch die geistige und
die sichtbare Natur hin, bis ins fernere Reiche des Mœglichen, sie
spyret das yberraschende Wunderbare auf, und das verborgenste
Schœne. Mit reichen Schäzen kehret sie dann zuryk, und bauet und
flicht ihr manigfaltiges Ganzes, indeß daß die haushältrische Vernunft sanft gebietrisch Aufsicht hælt, und wæhlt und verwirft und
harmonische Verhæltnisse sucht. O wie entfliegen da der erhizten
Arbeit die goldenen, die edel genossenen Stunden! Wie bist du der
Bemühung und der Achtung der Edeln werth! Es ist es werth, bey
dem næchtlichen Gesange der Grille zu wachen, bis der Morgenstern herausgeht, der edelste Gewinn, Achtung und Liebe bey denen zu haben, deren gelæuterter Geschmak jedes Schöne zu
schæzen weiß, und Empfindungen der Tugend im fyhlenden Herzen aufzuweken. Billich verehret die Nachwelt des Dichters
Aschen-Krug, von altem Epheu umschlungen, den die Musen sich
geweihet haben, die Welt Unschuld und Tugend zu lehren. Sein
Ruhm lebt noch, gleich jugendlich, wenn die Trophee des Eroberers
im Staube modert, und das præchtige Grabmahl des unryhmlichen
Fyrsten izt in einer Wyste vielleicht, im wilden Dorn-Gebysche zerstreut ligt, mit grauem Mooss bedekt, auf dem nur selten der verirr-
te Wandrer ruht. Zwar diese Grœsse zu erreichen hat die Natur nur
wenigen vergœnt, ihr nachzueifern ist ryhmliches Bestreben. Der

einsame Spaziergang und jede meiner einsamen Stunden sey ihm geweiht!

Die stillen Stunden fyhrten den rosenfarbnen Morgen herauf, und gossen den Thau auf die schattichte Erde; indeß schosse die Sonne ihre fryhen Strahlen hinter den schwarzen Cedern des Berges herauf, und schmykte mit glyhendem Morgenroth die durch den dæmmernden Himmel schwimmenden Wolken; Da giengen Abel und seine geliebte Thirza aus ihrer Hytte hervor, in die nahe geruchreiche Laube von Jasminen und Rosen. Zærtliche Lieb und reine Tugend gossen sanftes Læcheln in die blauen Augen der Thirza, und reizende Anmuth auf ihre rosenfarbnen Wangen, und weisse Loken flossen am jugendlichen Busen und ihre Schultern herunter, und umschwebten ihre schlanken Hyften; so gieng sie dem Abel zur Seite. Braune Loken kræussten schattigt sich um die hohe Stirne des Jynglings, und zerflossen auf seinen Schultern; denkender Ernst mischete sanft sich in das Læcheln der Augen; in schlanker Schœnheit gieng er daher, wie ein Engel daher geht, wenn er in einen dichtern Cœrper sich hüllet, den Sterblichen sichtbar zu werden; er soll irgend einem Frommen, der im Einsamen betet, mit guter Botschaft von dem Herren erscheinen; zwar umhyllet ihn ein Cœrper, menschlich gebildet, aber aus seiner reizenden Schœnheit hervor schimmert der Engel. Thirza sah mit zærtlichem Læcheln ihn an, und sprach: Geliebter! izt da die Vœgel zum Morgen-Lied erwachen, sey mir gefællig, und singe mir den neuen Lob-Gesang, den du gestern auf der Flur gedichtet hast. Was ist lieblicher, als mit Gesængen den HErren loben? Wenn du singest, ô dann wallet mein Herz voll heiligen Entzükens, wenn du die Empfindungen sagst, die ich nur empfand und nicht sagen konnte! Ihr antwortet' Abel und umarmte sie; was deine syssen Lippen von mir begehren, das alles sey dir gewæhret, meine Thirza! les' ich einen Wunsch in deinen Augen, dann sey er erfyllt; wir wollen hier auf das weiche Mooss uns sezen, dann will ich den Lob-Gesang singen. Sie sezten sich neben einander in der düftenden Laube, deren Eingang die Morgensonne vergoldete; und Abel hub so seinen Lob-Gesang an.

Weiche du Schlaf von jedem Aug, entweichet ihr flatternden Træume! die Vernunft geht wieder hervor, und erhellet die Seele, wie die Morgensonne die Gegend erhellet. Sey uns gegrysst, du liebliche Sonne hinter den Cedern herauf! du giessest Farb' und Anmuth durch die Natur hin, und jede Schœnheit lachet verjyngt uns wieder entgegen. Entweiche du Schlaf von jedem Aug, entfliehet, ihr flatternden Træume, zu den Schatten der Nacht. Wo sind sie, die Schatten der Nacht? Ins Dunkel der Haine und in die Felsen-Klyfte sind sie gewichen, und erwarten uns da, oder in dicht verwachsenen Lauben mit erquikender Kyhlung am heissen Mittag. Dort wo der Morgen den Adler fryher wekte, was dæmpft dort von den schimmernden Hæuptern der Felsen empor, von den glænzenden Stirnen der Berge in die helle Morgen-Luft empor, wie Opfer-Rauch dem Altar entsteigt? Die Natur feyert den Morgen, und opfert dem HErren der Schœpfung Dank. Ihn soll jedes Geschœpfe loben, ihn der alles schaffet und erhælt; ja ihm zum Lobe zerstreuen die jungen Blumen ihre fryhen Geryche; ihm singet der Vœgel manigfaltiger Chor, hoch in der Luft, oder von den Wipfeln der Bæume, der Morgensonn entgegen; ihm zum Lobe geht der Lœw aus seiner Hœle hervor, und brüllet sein Entzyken fyrchterlich durch die Wildniss aus. Lob ihn, du meine Seele, den HErrn, den Schœpfer und Erhalter; des Menschen Lob-Gesang steige vor allen zu dir empor; er soll dich loben, wenn jedes Geschœpfe noch in seinem Lager schlummert, wenn kein Gesang noch von den Wipfeln tönt und aus den wiegenden Büschen. Ertœne mein einsames Lied laut durch die stille Dæmmerung, daß du weit umher jedes Geschœpfe zum Lob erwekest. Herrlich, herrlich ist die Schœpfung, in der er uns Unwyrdigen seine Weisheit und Gyte enthyllet! Jeder meiner Sinne schœpfet Entzykung aus diesem unendlichen Meere von Schœnheit, und strœmet sie der entzykten Seele zu. Wie kann sie ihr Lob dir stammeln? Was vermochte dich, Allmæchtiger! wars nicht unendliche Gyte? daß du aus der heiligen Stille, die um deinen ewigen Trohn ruhete, hervortratest, und Wesen aus dem Nichts riefest, und diesen unermesslichen Welt-Bau aus der Nacht? Wenn auf seinen Wink die Sonne heraufgeht, und die Nacht verjagt, wenn dann die Natur in verjyngter Schœnheit glænzet, und jedes schlummernde Geschœpfe zu seinem Lob erwachet, bist du, thauender Morgen, bist du da nicht ein nachahmendes Bildniss der Schœpfung, ein Bildniss jenes Morgens, da der HErr schaffend yber der neuen Erde schwebte? Oede Stille ruhete da auf der unbewohneten Erde, da sprach die schaffende Stimme; schnell rauscht' ein Heer, unendlich manigfaltig an Bildung und Schœnheit, auf bunten

Flygeln, stieg hoch empor in die Luft, spielt, in blumigten Fluren, in Byschen und schattigten Wipfeln, ihr wirbelndes Lied tœnte durch den erstaunten Hain und die rauschende Luft laut des schaffenden Lob. Oder da, als er wieder yber der Erde schwebte und die Thiere hervorrief, die auf der Erde dahergehn. Er sprach noch, schnell wanden Klœsse sich loos, und formten sich zu unzæhligen Gestalten; da hypfte der belebte Kloss als Pferd auf der Flur und schyttelte wiehernd die Mæhne; der starke Lœw entwikelte sich, halb Kloss noch und halb Lœwe versucht ers die ersten Tœne zu bryllen; dort bebt' ein Hygel, und izt gieng er belebt als Elephante daher; so stiegen mit einmal unzæhliche Stimmen zum Schœpfer empor. Eben so wekest du jeden Morgen deine Geschœpf' aus dem ohnmæchtigen Schlummer; sie erwachen, und sehen um sich her den Reichthum deiner Gyte, und unzæhliche Stimmen loben dich. Einst, ich sehe die heilige Zukunft! einst wird der Mensch yber die ganze Erde fortgepflanzet; dann, ô dann werden auf jedem Hygel deine heiligen Altære stehn, aus jedem Schatten, von jeder Flur wird dann Lob und Dank zu dir empor tœnen, von der Erd' empor, wenn die Morgen-Sonne die Nationen wekt, von da wo sie aufgeht bis da wo sie niedergeht, zerstreut.

So sang Abel an der Seite seiner Geliebten; in heiliger Andacht sasse sie noch wie horchend; izt schlang sie ihren Lilien-weissen Arm um seinen Hals, sah zærtlich ihn an, und sprach: Geliebter! wie schwang sich meine Andacht mit deinem Gesang empor! Ja Geliebter! nicht nur meinen schwæchern Leib schyzet deine zærtliche Sorgfalt; auch meine Seele schwinget sich unter deiner Fyhrung empor. Wenn sie auf ihrem Pfad sich verliert, und Dunkel um sich her sieht, und in heiligem Erstaunen hinsinket, dann hebest du sie empor, und erhellest das Dunkel, und entwikelst das stille Erstaunen zu lauten erhabnern Gedanken. Ach! wie oft dank ich! – – jede einsame Stunde dank ich mit Freuden-Thrænen der ewigen Gyte, daß sie dich mir, mich dir geschaffen hat, gleich gestimmet in allem, was die Seele denken und das Herz wynschen kann.

So sprach sie, und die zærtlichste reineste Liebe goss unaussprechliche Anmuth in jeden Ton der Stimme und in jede Geberde. Abel antwortete nicht; aber wie er zærtlich sie anblikte, und an seinen Busen sie drykte, das redete von seinen Empfindungen mehr, als Worte hætten reden kœnnen. Ach! so glyklich war der Mensch, da er noch zufrieden nichts von der Erde begehrte als Frychte, die sie willig gab, nichts vom Himmel flehte, als Tugend und Gesundheit, eh seine Unzufriedenheit nimmer gesættigte Wynsche aussendete, die unzæhlige Bedyrfniß' erfanden, und Sein Glyk unter schimmerndes Elend vergruben. Was brauchten sie da mehr, um mit den seligsten Banden sich zu verbinden, als Liebe, Tugend und Anmuth? (wenn izt, wie oft geschieht das!) ein tugendhaftes Paar, (der Himmel hatte sie fyr einander geschaffen,) in wehmythigen Thrænen Hofnung-los zerfließt, weil Armuth ihren kommenden Tagen mit Mangel und Elend droht, oder der Stolz und falscher Ehrgeiz der Eltern tyrannisch zwischen ihre Liebe sich stellt.

Da sie so beysammen sassen, da kam Adam und Eva; sie hatten vor der Laube den Morgen-Gesang und ihre Reden gehœrt, und traten izt in die Laube, und umarmten ihre Kinder; ihr Glyk und ihre Tugend durchstrœmeten sie mit der edelsten Freude, die je auf den Wangen liebender Eltern gelæchelt hat. Auch Mehala, Kains Vermæhlte, war in die Laube getreten; der Kummer yber Kains ungestymes und rohes Gemythe hatte Ernst auf ihre Stirne und sanfte Wehmuth in ihre schwarzen Augen gegossen, und Blæsse auf die Wangen, von dunkeln Loken umschwebt. Da Thirza ihren Geliebten umarmte, und ihr Entzyken ihm sagte, für ihn geschaffen zu seyn, da hatte sie aussen am Gelænder der Laube geweint, aber sie hatte die Thrænen von den Wangen getroknet, trat freundlich læchelnd in die Laube, und gryßte mit zærtlicher Freundlichkeit den Bruder und die Schwester. Da gieng Kain an der Laube voryber, auch er hatt' Abels Gesang vernommen, und gesehen wie zærtlich der Vater ihn umarmte. Mit zornigen Bliken sah er nach der Laub, und sprach: Wie entzykt sie sind! wie sie ihn umarmen, weil er ein Lied gesungen hat! Er kann wol singen und Lieder dichten, sonst myßt er schlafen, wenn er myssig bey der Herde im Schatten sizt. Mich senget die Sonne bey der rohen Arbeit; mir bleibt weder Zeit noch Muth zum singen. Wenn ich des Tages Last ausgestanden habe, dann fodern meine myden Glieder Ruhe, und am Morgen wartet die Arbeit schon wieder auf meinem Felde. Den sanften myssigen Jyngling, (er styrbe, tryg er einmal meine Tages-Last,) sie verfolgen ihn immer mit Freuden-Thrænen und zærtlichen Umarmungen; ich hasse die weibische Zærtlichkeit, aber – – mir sind sie nicht beschwerlich, arbeit' ich gleich die unwillige Erde den ganzen heissen Tag durch. Wie sie fliessen, die Freuden-Thrænen!

So gieng er voryber, auf sein Feld. Sie hatten in der Laube seine Rede vernommen, Mehala sank blasser an der Thirza Seite und weinte, und Eva trauerte auch yber ihren Erstgebohrnen, wehmythig an ihren Mann gelehnt; da sprach Abel: Geliebte! ich will aufs Feld gehen zu meinem Bruder; ich will ihn umarmen, ich will ihm alles sagen, was bryderliche Liebe sagen kann, ich will ihn umarmen, und nicht eher aus meinen Armen ihn lassen, bis er mir verspricht, jeden Gram aus seinem Busen zu bannen, bis er mich zu lieben verspricht. Ach! ich habe meine ganze Seele, mein ganzes Herz hab ich ausgespæht, zu finden, wie ich die Liebe meines Bruders gewinnen kann; oft schon hab ich mein ganzes Betragen yberdacht, ob ich was fænde, das mir den Weg zu seinem Herzen œfnete, oft schon hab ich durchgedrungen, und die erloschene Lieb' entzyndet; aber ach! Gram und Missvergnygen kehrten immer dunkel zuryk, und erstikten die Flamme.

Der traurige Vater antwortet' ihm: Geliebter! ich selbst, ich will zu ihm auf sein Feld gehen. Ach! ich will ihm alles sagen, was meine Vater-Liebe, was meine Vernunft ihm sagen kœnnen. Kain! Kain! ach wie erfyllest du mit dunkeln Besorgnissen mein Herz! Kœnnen die Leidenschaften in der Seele des Synders so zum schreklichen Tumult aufschwellen, so Tugend und Gyte zu Boden treten! Ach ich Elender! was fyr dunkle Besorgnisse schreken meinen Blik zuryk, den ich in die Zukunft zu spætern Enkeln hinaus wage? O Synde! Synde! was fyr schrekliche Verwystungen in der Seele des Sterblichen! So sprach Adam, und gieng aus der Laube mit traurigem Tiefsinn hinaus aufs Feld, zu seinem Erstgebohrnen. Kain sah ihn dahergehn, richtete von seiner Arbeit sich auf, und sprach: Wie so ernst, Vater! mit dieser Stirne giengest du nicht, meinen Bruder zu umarmen; schon drohen mir deine Vorwyrf' aus deinen Augen.

Ihm erwiedert' Adam mit freundlicher Wehmuth: Sey mir gegrysst, mein Erstgebohrner! du weist, daß du Vorwyrfe verdienest, weil sie dir izt schon aus meinen Augen drohn. Ja, Kain! du verdienest Vorwyrfe! Kummer, den du in deines Vaters Busen nehrest; quælender Kummer fyhret mich zu dir.

Nicht Liebe, so unterbrach ihn Kain, diese gehœrt dem Abel allein.

Ja, Liebe, Kain! antwortet ihm Adam, Liebe; der ganze Himmel sey Zeuge! Diese Thrænen, dieser Kummer, diese ængstlichen Besorgnisse, die mich quælen, und sie, die dich mit Schmerzen gebahr, was sind sie anders als sorgsame Liebe, diese trauerumhylleten Stunden, diese rastlos verseufzeten Næchte? O Kain! Kain! liebtest du uns, dann wyrde' es deine zærtliche Sorge seyn, diesen Kummer von unsern Wangen zu troknen, und unsre Stunden aus diesem traurigen Dunkel zu hyllen. O! wenn noch – – wenn noch Ehrfurcht fyr den Allwissenden, fyr ihn, der dein Innerstes sieht, wenn ein Funke noch von deiner kindlichen Liebe in deinem Busen glimmet, Liebe fyr deine Eltern, ô dann, bey dieser Liebe beschwör' ich dich! dann gieb uns unsere Ruhe, unsre erloschenen Freuden wieder! Næhre nicht længer diess Ungestyhm in deiner Seele, und diesen schwarzen Groll gegen ihn, dessen ganze Seele, dessen ganzes liebendes Herze sich bemyhet, diesen Groll, dieß giftige Unkraut aus deinem Herzen zu reissen. Kain! das verdrießt dich, dann hebt sich das tobende Ungestym in deiner Seele; die Thrænen der Freude, dieß sanfte Entzyken, das wir bey seiner reinen Andacht, bey seiner unbeflekten Tugend empfinden. Auch die umschwebenden Engel begleiten jede gute Handlung mit frohem Beyfall; selbst der Allmæchtige sieht dann mit gnædigem Wohlgefallen von seinem Thron. Aendre du die allgemeine Natur dessen, das schœn und gut ist; es steht nicht in unsrer Macht; oder steht es, ô dann Kain! dann ists eine traurige Macht! den sanften Eindryken, diesen edeln Freuden zu wiederstehen, mit denen sie unsre Seele in Entzyken dahinreissen. Der tobende Donner und eine fyrchterlich styrmende Mitternacht geben den Wangen kein Læcheln, und aus dem Ungestym der Seele und dem Tumulte unbeschrænkter Leidenschaften quillt keine Freude hervor.

Kain antwortete: Myßt ihr denn immer mit diesen dunkeln Vorwyrfen mich verfolgen? Wenn nicht immer dieß angenehme Læcheln auf meinen Lippen sizt, oder die Thrænen der Zærtlichkeit von meinen Wangen fliessen; myßt ihr dann in meinem mænnlichern Ernst nichts als hæßliche Laster suchen? Mænnlicher hab ich immer die kyhnern Unternehmungen und die hærtern Arbeiten gewæhlt; und diesem Ernst auf meiner Stirne kann ich nicht befehlen, daß er in Thrænen und sanftes Læcheln zerfliesse. Soll der Adler girren wie die sanfte Taube?

Izt antwortet ihm Adam mit majestætischem Ernst auf der Stirne: Willst du dich selbst betriegen? willst du dein Elend, das du bekæmpfen solltest, sorgsam vor dir selbst verbergen? O Kain! das ist nicht mænnlicher Ernst, was von deiner Stirne redet; Gram und Unzufriedenheit sinds, die von deiner Stirne reden und aus deinem ganzen Betragen; diese haben alles um dich her in trauriges Dunkel gehyllet. Woher sonst dieß Murren bey deiner Arbeit, dieß freudenlose Betragen gegen uns alle? Woryber bist du unzufrieden? Kœnnten wir, ô kœnnten wir deine Unzufriedenheit stillen, und dein Glyk heiter machen, heiter wie einen Fryhlings-Morgen, dann wær' unser sehnlichster Wunsch erfüllt. Aber Kain! was begehrt dein Ungestym? Stehn nicht alle Quellen des Glykes dir offen? bietet nicht die ganze Natur alle ihre Schœnheiten dir an? Ist nicht jedes Glyk, jedes Vergnygen, das Natur, Verstand und Tugend, alles was schœn und gut ist, uns darbietet, auch dir dargeboten? Aber du gehest dieß alles voryber, lassest es ungenossen, und murrest yber Elend! Oder bist du mit dem Antheil von Glyk unzufrieden, das die ewige Gnade dem Gefallenen zutheilt? Wynschest du das Glyk der Engel? wisse, auch Engel konnten unzufrieden seyn; sie wollten Gœtter seyn, und machten sich des Himmels verlustig. Murrest du gegen die Leitung des Schœpfers, die unendlich weise das Schiksal des Synders leitet? Ein Geschœpfe, ein Sterblicher, aus der unendlichen Schœpfung, die ihn lobet; ein Wurm, darf sein Haupt aus dem Staube heben, und empor murren gegen ihn, dessen Wink die Himmel leitet, dessen allmæchtige Gyte jedes Geschœpfe verkyndigt, vor dessen Auge das ganze Labyrint unsers Schiksals offen ligt, was ist und was seyn wird, und wie aus dem zugetheilten Uebel das Gute empor blyhen soll. O heitre dein Gemyth auf, Sohn! mein Erstgebohrner! laß Unzufriedenheit und Gram nicht jede heitre Aussicht vor dir verdunkeln, nicht jede Quelle von Glyk im Nebel vor dir verbergen!

Was sollen mir diese Vermahnungen? So sprach Kain ængstlich: Kœnnt ichs aufheitern, ô dann myßt alles um mich her lachen; heiter seyn, wie der Morgen! Kann ich dem Sturme befehlen, daß er nicht wyte, und dem hinreissenden Strom, daß er still stehe? Ich bin vom Weibe zum Elend gebohren; die grœsseste Schale des Fluches hat der HErr auf die Geburtsstunde des Erstgebohrnen gegossen. Diese Quellen von Vergnygungen und Glyk, aus denen ihr schœpfet, fliessen nicht fyr mich.

Izt entflossen Thrænen den Augen des Vaters. Ach, Sohn! so sprach er; ja – ach ja! der Fluch hat alle vom Weibe Gebohrnen betroffen Aber, Geliebter! sollte der HErr mehr Fluch yber die Geburtsstunde des Erstgebohrnen gegossen haben, als er yber uns goß, da als wir syndigten? Das hat er nicht gethan, er der unendlich gytig ist. Nein Kain! du bist nicht zum Elend gebohren; der HErr ruft kein Geschœpfe aus dem Nichts zum Elend hervor. Zwar kann der Mensch elend seyn, bey seinem Glyke vorybergehn, und elend seyn. Wenn die Vernunft unter dem Tumulte tobender Leidenschaften, und unreiner, unbeschrænkter Begierden erligt, dann wird der Mensch elend, und jedes anscheinende Glyk ist triegendes Elend. Dem Sturme kannst du nicht befehlen, daß er nicht tobe, und dem hinreissenden Strom nicht, daß er still stehe; aber deine Vernunft kannst du aus dem Dunkel hervor rufen, daß sie deine Seele erhelle, sie kann mæchtig dem Tumulte befehlen, daß er schweige, sie kann jeden Wunsch, jede Begierde, jede aufschæumende Leidenschaft pryfen; dann schweigen die beschæmten Leidenschaften, und die eiteln Wynsche und Begierden verschwinden, wie Morgen-Nebel vor der Sonne verschwinden. Ich hab es gesehen, Kain; auch Freuden-Thrænen hab ich auf deinen Wangen gesehen! wenn deine Vernunft deine tugendhaften Handlungen billigte, dann durchstrœmte Freude deine ganze Seele. Ists nicht so, Kain? Warst du dann nicht glyklich? Wars dann nicht helle in deiner Seele, hell wie die unbewœlkte Sonne? Ruffe sie hervor, diesen Stral der Gottheit, die pryfende Vernunft; dann wird ihre Gefehrtin, die Tugend, jede Freude in dein Herze zurykfyhren, und jede Quelle von Glyk wird dir entgegen fliessen. Geliebter! Ach hœre meine Ermahnungen! Das erste, das deine widerherrschende Vernunft dir befiehlt, sey, daß du hingehest und deinen Bruder umarmest; wie wird seine Freude in Thrænen yberfliessen! wie wird er an seine Brust dich dryken!

Ich will ihn umarmen, sprach Kain, wenn ich vom Felde zuryk komme; izt ruft mich die Arbeit. Ich will ihn umarmen! Aber – – zu dieser weibischen Weichlichkeit wird meine mænnlichere Seele sich nie gewœhnen, zu dieser Weichlichkeit, die ihn so beliebt macht, so viel Freuden-Thrænen euch entlokt; die den Fluch yber uns alle brachte, da du im Paradiese durch ein paar Thrænen zu leicht erweicht – – Doch, ich Elender! bald hætt' ich dir Vorwyrfe gemacht. Ich ehre dich, Vater, und schweige. So sprach Kain, und gieng zu seiner Arbeit zuryk.

Adam stand izt traurig weinend, rang die Hænde yber dem Haupt. Ach, Kain! Kain! So rief er ihm nach, und du machest mir Vorwyrfe! ach! ich verdiene sie! doch solltest du deines Vaters schonen, nicht Vorwyrfe mir machen, die wie ein Donner meine Seel' erschyttern. Ach ich Armer! so werden, schrekliche, hæßliche Ahnung! so werden die spætern Enkel, wenn sie in Synden sich wælzen, und die begleitende Strafe sie fasset, dann werden sie yber meinen Staub stehen, und dem ersten Synder fluchen! So sprach Adam, und gieng vom Felde zuryk, traurig, sein Gesicht zur Erde geneigt; oft hub ers laut seufzend zum Himmel empor, und rang die Hænd' yber seinem Haupt. Kain sah ihm nach; und izt sprach er: Wie er klæglich die Hænde ringt! wie er trauret und seufzt! – – Ich hab ihm Vorwyrfe gemacht, quælende nagende Vorwyrfe, dem frommen Vater. Wohin reisst mich mein Rasen? Eine Hœlle wytet in meinem Innern! Ich, ja ich sammle ein Dunkel voll quælender Besorgnisse um ihre Hæupter; ich verbittre, ich tœde jede ihrer Freuden, ich Elender! Ich bin nicht werth, unter den Menschen zu wohnen, unter den wilden Ungeheuern sollt ich wohnen, die vernunftlos in der Wildniss toben. Schon ist er fern, und noch hœr' ich ihn seufzen; wie er Schmerzen-voll dahinwankt! – – Soll ich ihm nacheilen, seine Knie umfassen, und bey allem was heilig ist um Verzeihung ihn flehen? Ja – – ich seh es; nicht von aussen her kœmmt mein Elend; in meinem eigenen unverwahreten Herzen steigen diese schwarzen Wetter-Wolken empor, und donnern jede Freude von mir, von ihnen weg. O kehret zuryk, du Vernunft und du Tugend! hebt euch aus dem rasenden Tumult empor, und lœschet diese Hœlle, die in meiner Seele wytet! Sieh' fern dort, steht der Vater wie ohnmæchtig still, er scheint zu beten mit empor gerungenen Hænden! Ich will eilen, und vor ihm hin in den Staub mich werffen. O ich Elender!

Izt eilte Kain zu seinem Vater, der kraftlos an einen Stamm gelehnt, traurig, tief gebykt staunte und zur Erde weinte; mit heftiger Gewalt erschytterte der Anblik die ganze Seele des Sohnes; er fiel vor ihm hin in den Staub, faßte seine Knie, Thrænen entstyrzten seinen Augen, er sah zu dem Vater auf und sprach: Verzeihe Vater! – – Doch, ich bin nicht werth, daß ich Vater dich nenne; werth, daß du mit Abscheu dich von mir wendest. Aber sieh, ô sieh diese Thrænen meiner Reue, sieh mich Elenden an und verzeihe! – – Ich Elender! ich war taub bey deinen Ermahnungen; aber da, Vater, da als du weynend hingiengest, die Hænde yber deinem Haupt rangest, da hat ein Schauer meine Seele gefasset, hat aus diesem hæßlichen Schlamm sie empor gerissen, und izt – – izt wein' ich vor dir, sehe meine Hæßlichkeit ganz, mit Abscheu ganz die Verwystung in meinem Innern, und flehe, Vater, – – flehe Vergebung von GOtt, von dir, Vater, von meinem Bruder, von allen, die ich beleidigt habe.

Steh auf, Kain! mein Sohn! steh auf, daß ich dich umarme; so stammelte der erstaunte Vater, und drykt' ihn inbrynstig an seine Brust. Der im Himmel wohnet, sieht mit segnendem Wolgefallen diese deine Thrænen! mein Sohn! mein Geliebter! umarme mich! – – O wie hat mein Gram sich in Freude verwandelt! Festliche, gesegnete Stunde, in der mein Sohn, mein Erstgebohrner, den Frieden, Ruhe und jede sanfte Freud' uns wieder schenkt, in der er mit diesen Thrænen mich umarmt. Umarme mich, halte mich, Sohn, meine Freude machet mich wanken; aber laß uns nicht zœgern, Geliebter! Laß uns hingehn, daß dein Bruder dich umarme.

Und nun wollten sie hingehn, den Bruder auf der Trift zu suchen, als Abel seiner Mutter zur Seite, von Mehala und Thirza begleitet, aus dem Gebysche hervoreilte. Heimlich waren sie dem Adam gefolgt, die Scene im verbergenden Gebysche zu behorchen. Abel flog mit offenen Armen zum Kain, umarmt ihn, drykt' ihn seine Brust sich, und weinte, und konnte sein Entzyken nicht sagen; Mein Bruder! mein Bruder! so stammelt' er, und du liebest mich! Laß es – – ô laß es von deinen Lippen mich hœren! du liebest mich – – Unaussprechliche Freude!

Ja, Bruder, ich liebe dich! So antwortete Kain und umarmt' ihn; kannst du – ô kœnnet ihr alle mir jede Beleidigung vergeben? vergeben, daß ich so lange, ich Elender! die Ruhe von euch verjagt, Kummer und Unmuth auf eure Tage gebracht habe? Meine Seele ist wie ein Bliz aus dem Dunkel empor gestiegen, und hat diesen tobenden Sturm zerstreut; dieß Unkraut ist zu Boden getretten, das jedes Gute in meinem Busen erstikte, es soll nie wieder empor keimen. Verzeihe, Bruder, und vergiß in das hæßliche Dunkel des Vergangenen zurykzusehn!

Schnell antwortet' ihm Abel, mit zærtlich wiederholter Umarmung; keinen Blik zuryk, Geliebter! auch du nicht. Sollten wir den Kummer eines leichten Morgen-Traumes nicht vergessen, wenn wir zum Fryhlings-Morgen erwachen, und Freud' und Entzyken uns umstrœmt? O Kain! Kain! kœnnt ich meine Freude, die Hælfte meines Entzykens dir sagen! Ich verstumme, ich kann nur weinen, nur an meinen Busen dich dryken, und weinen.

Da die Bryder so sich umarmten, stand Eva mit Freuden-Thrænen vor der zærtlichen Scene; und da rief sie: O Kinder! geliebte Kinder! Nein, was ich izt empfinde, das hab ich nie empfunden; seit ich den syssen Mutter-Namen zum ersten mal von deinen Lippen hœrte, du Erstgebohrner! hab ich nie solche Freud' empfunden! Dunkle, niederdrykende Gebyrge sind schnell von meinem Haupt gewichen, und Heiterkeit und Wonne umschweben mich. Izt werden sie vorybergehn, die Stunden, jede læchelnd, jede mit Freuden umkrænzt! Friede und Eintracht ist zwischen ihnen, die unter meinem Herzen lagen, die meine Bryste saugten. Ja, wie eine fruchtbare Rebe bin ich, die sysse Trauben trægt; der voryber geht, der segnet sie, die so sysse Trauben trægt. Umarmet euch, Kinder! umarmet euch! und izt, kommt izt will ich jede Thræne von euern Wangen kyssen, jede der theuern Thrænen, die bryderliche Lieb' auf eure Wangen goß. So sprach sie, und umarmte voll unaussprechlichen Entzykens ihre Sœhne. Auch Mehalah und Thirza umarmten sie, Freuden-Thrænen flossen auf ihren Wangen; und izt sprach Kains Vermæhlte zur Schwester: Komm, Geliebte, ô was fyr Freude! Dieser Tag sey ein festlicher Tag! Laß uns hingehn, wir wollen die schœnsten Blumen in der Laube auf die Tafel streun; die besten Frychte, die unsre Bæum' und Gebysche haben, wollen wir sammeln; dieser Tag sey uns ein paradiesischer Tag, in froher Entzykung geh' er bey uns voryber. Izt eilten sie, Freude beflygelte die Fysse, unter die Bæume, und zu den fruchtreichen Gelændern.

Kain und Abel giengen Hand in Hand, und Adam und Eva, voll der zærtlichsten Freude neben ihnen, dem Hygel zu. Da sie hinkamen, da hatten die Schwestern schon in der schattigsten der Lauben die Tafel mit manigfaltigen Frychten geziert, mit wolriechenden Blumen untermischet; ein herrliches Gemische von Glanz und Farben und lieblichen Gerychen; Sie sezten sich hin zum frohen Mittagmahl, Freude und Munterkeit mit ihnen, und anmuthige Gespræche fyhrten schnell den sanften Abend herauf.

DER
TOD ABELS.

ZWEYTER GESANG.

ALs sie freudig in der Laube sassen, da sprach der Vater der Menschen: Izt, ihr Kinder! izt fyhlen wirs, was fyr Freude die Seele nach einer guten Handlung durchstrœmt; wir fyhlens, daß wir nur dann wahrhaftig glyklich sind, wenn wir tugendhaft sind. Durch Tugend steigen wir empor, zu der Seligkeit reiner Geister, zu paradiesischem Glyke, da hingegen jede unbesiegte, unreine Leidenschaft uns hinunterreißt, und in Labyrinthe schleppet, wo Unruh, Angst, Elend und Nachreu auf uns lauren. Eva! ô hætten wir damals geglaubt, daß so viel Seligkeit uns in der verfluchten Welt zuryke gelassen wære, damals, als wir Hand in Hand das Paradies verliessen! (diese Scene ruf ich oft fyr mein Haupt zuryk,) da wir allein, ganz allein die grosse Erde bewohnten.

Adam schwieg, als Abel ihn so anredete: Vater! izt, da der Abend so lieblich daherkœmt, und du noch længer in dieser Laube dich verweilen magst; wenn nicht ernste Betrachtungen in die einsame Dæmmrung dich hinfodern, dann hœre meine Bitte, und erzehl uns noch einmal die Tage, da du mit Eva ganz allein die einsame grosse Erde bewohntest.

Nun sahen sie alle mit stiller Aufmerksamkeit auf Adam, ungedultig, ob er der Bitte willfahren wolle. Wie kœnnt' ich, so sprach er, an diesem Tage der Freude dir eine Bitte versagen? Ich will euch die Tag' erzehlen, in denen dem Synder so grosse Verheissungen geschahen, so viel unverdiente Gnade und Heil wiederfuhr. Eva! wo fang ich die Geschicht' an? Da wo wir Hand in Hand vom Paradies uns entfernen? Aber, Geliebte! schon zittert eine Thræne dir im Aug. Fange sie an, Geliebter, sprach Eva, da wo ich das lezte mal zum Paradiese zuryk weinte, und da an deinen Busen sank. Aber, was ich damals empfand, Adam, das laß mich sagen, du wyrdest, um meiner zu schonen, den Auftritt nur mangelhaft sagen. Weit schon hinter uns flammete das Schwert des Engels, der mit freundlichem Mitleid uns aus dem Paradiese fyhrte; noch hatt' er uns der Verheissungen und der grossen Gnade des beleidigten GOttes erinnert. Schon waren wir unten auf der Erde, und giengen durch einsame Wildnisse hin; da war kein Eden, wir wandelten, nicht durch duftende Blumen und fruchtbare Heken und Haine, sie waren einsam zerstreut, auf unfruchtbarem Boden, wie Inseln auf den Seen zerstreut sind. Da giengen wir, die ganze Erde lag, eine traurige Wildniß vor uns. Hand in Hand giengen wir; oft weint' ich zuryk, und wagt es nicht, dem in die Augen zu bliken, der von mir verfyhrt an meiner Seite gieng, und Unglyk und Jammer mit mir theilte. Mit zur Erde geneigtem Haupt gieng er neben mir, dann sah er stumm in der Gegend umher, dann auf mich, sah meine Thrænen, konnte nicht reden, und drykte weinend mich an seine Brust. Izt waren wir an der Neige eines Hygels, wo das hoch emporstehende Paradies aus unsern Augen sich verlor, da, da stand ich still, und weinte laut zuryk. Ach! vielleicht das lezte mal seh ich dich, meinen Geburts-Ort, dich Paradies, wo du, ô darf ich Geliebter dich nennen? eine Gattin vom Schœpfer dir flehtest, und dein Unglyk da aus deiner Seite sich wand. Wem dyftet ihr izt, ihr Blumen, die meine pflegende Hand auferzog? Wer wandelt in eurer geruchreichen Dæmmrung, ihr schattigten Lauben? Ihr blyhende Gelænder, und ihr, ihr Haine, wem glyhen izt eure manigfaltigen Frychte! Ich werd' euch nicht wiedersehen; mir Synde-beflekten ist jene balsamische Luft zu rein, jene Gegend zu heilig. O weh mir! wie ist der Mensch gefallen! der Freund der Engel; er, der so rein, so selig aus des Schaffenden Hænden gieng! Und du bist auch gefallen, du – – ô! Geliebter darf ich dich nicht nennen! von mir verfyhrt bist du auch gefallen. O hasse mich nicht, verlaß mich Elende nicht! um unsers Elends willen, um der grossen Verheissungen willen, die der gnædige Richter uns gab, verlaß mich Elende nicht! Zwar, ich verdiene nichts von dir als Haß und Abscheu; aber vergœnn es mir, deinem Fußtritt dienstbar zu folgen, daß ich in diesem Elend fyr deine Bequemlichkeit sorge; ein Blik von dir befehle mir deinen Wunsch und deinen Willen! Da wo du wohnest, will ich Blumen zu deinem Lager sammeln, ich will die einsame Gegend durchirren, die besten Frychte dir zur Speise zu sammeln; und, ô wie glyklich! wenn dann ein mitleidiger Blik von dir die geringen Dienste mir belohnt. So sprach ich und sank in seine Arme, und da drykt er mich inbrynstig an seine Brust, weint' auf meine Wangen hin, und sprach: Laß uns, du zærtlich Geliebte! laß uns durch bittere Vorwyrfe unser Elend nicht noch bittrer machen; wir haben gemeinschaftlich mehr Strafe verdienet, als wir leiden. Hat der Richter, da er richtete, nicht grosse Verheissungen uns gethan? Zwar umhyllet sie ein heiliges Dunkel; doch leuchtet Gnade, unendliche Gnade aus dem Dunkel hervor. Hætt' er nach Verdienen uns gestraft, ô was wæren wir dann? Nein, Geliebte! ungestyme Klagen und bittre Vorwyrfe sollen seiner Gnad uns nicht unwyrdig machen, nicht unsre Lippen entweihn, die tiefer Andacht nur, nur anbetendem Dank sich œfnen sollen. Er, vor dessen Auge das tiefeste Dunkel nichts verbirgt; er sieht das geheimeste Betragen des Synders, er wird unser schwaches Lob und unsern Dank und unser unvollkommenes Bestreben nach dem Guten gnædig ansehen. Umarme mich, Eva! Sey mir in unserm Elend gegrysst! Gemeinschaftliche Hylfe soll es erleichtern, gemeinschaftlich wollen wir gegen unsern Feind die Synde kæmpfen, und zu unserer angeschaffenen Wyrde so nahe hinaufsteigen, als unser Verderben uns zulæsst: Friede und zærtliche Liebe sey immer unter uns, so wollen wir hylfreich verbunden harmloser und leichter die aufgelegte Last tragen, so dem Tod entgegen wandeln, der, wie es scheint, nur langsam dahergeht. Izt laß uns hinuntersteigen, dahin, wo die Pappel-Bæume vor dem Felsen stehn. Der Abend kœmmt, und jener Ort wird bequem seyn, die Nacht da zu verweilen. Du schwiegest, und ich umarmte dich, und troknete mit meinen Haarloken die Thrænen aus meinen Augen, und da giengen wir den Hygel hinunter, den Pappel-Bæumen zu, die vor dem Felsen standen. Eva schwieg, und læchelte zu Adam hin, da hub er an die Geschichte zu verfolgen. Wir waren unter den Pappel-Bæumen, und fanden in ihrem Schatten eine Hœle in dem Felsen. Sieh Eva, so sprach ich, sieh wie die Natur uns Bequemlichkeiten darbietet; sieh hier die reinliche Hœle, und diese klare Quelle, die neben ihr rauschet. Hier laß uns unser Nachtlager bereiten; aber, Eva, ich werde den Eingang vor næchtlichem Ueberfall der Feinde schyzen myssen. Was fyr Feinde? fragt' Eva ængstlich. Hast du nicht bemerkt, so sprach ich, daß der Fluch alles Geschaffene betroffen hat, daß die Bande der Freundschaft unter den lebenden Geschœpfen aufgelœßt sind, und der Schwæchere des Stærkern Raub ist? Dort yber dem Felde sah ich einen jungen Lœwen ein schychternes Reh-Kalb mit feindlichem Gebrylle verfolgen; auch sah ich Feindschaft unter den Vœgeln in der Luft. Wir sind nicht mehr die gebietenden Herren dieser Geschœpfe, es wære denn derer, deren Kræfte nicht an unsre reichen; Die zuvor mit freundlichem Schmeicheln um uns her spielten, der flekigte Tiger und der zottigte Lœwe jagten, mit drohendem Feuer im Auge, bryllend neben uns vorbey. Zwar wir werden durch freundliches Betragen die einen uns gewogen machen, und gegen der andern yberlegene Stærke wird unsere Vernunft uns schyzen; Ich will Gestræuche vor den Eingang der Hœle flechten. Und ich will hingehn, sprach Eva, und Blumen und Kræuter pflyken, auf unser Lager sie zu streuen, und Frychte von den Gestræuchen und den Bæumen sammeln. Da flocht ich Gestræuche vor den Eingang der Hœle, und Eva pflykte schychtern, sorgsam, daß sie nicht aus ihrem Auge mich verliere, Frychte von den Bæumen und den Gestræuchen; und izt kam sie zuryk, und legte sie vor uns hin, ins reinliche Gras.

Da legten wir uns in der Hœl' auf Blumen, und huben unser bescheidenes Mahl mit freundlichen Gespræchen an. Aber ein schwarzes Gewœlk zog sich herauf, und verfinsterte die untergehende Sonne; Fyrchterlich verbreitet' es sich yber uns, und ein trauriges Dunkel ruhete auf der Erde; die Natur schien in ængstlich stillem Feyern, ihren Untergang zu erwarten. Da flog ein Sturmwind daher, und heulte durch die Gebyrge, und durchwyhlte die Haine; izt blizten Flammen aus dem schwarzen Gewœlk, und der Donner rollte laut umher. Eva schmiegte bebend sich an meine tiefathmende Brust. Er kommt, er kommt der Richter! wie fyrchterlich! er kommt, uns den Tod zu bringen, uns und der ganzen Natur, um meiner Uebertrettung willen! O Adam! Adam! – Izt blieb sie sprachlos bebend an mich geschmiegt. Da sprach ich: Geliebte! laß vor der Hœle uns hinknien, und ihn anbeten, der yber dem schrœklichen Dunkel dahergeht, und vor dessen Fußtritt Flammen und diese schrœkliche Stimme dahergehen. Du, der du mit unaussprechlicher gœttlicher Freundlichkeit vor mir standest, als ich unter deinen schaffenden Hænden vollendet aufwachete, wie bist du fyrchterlich, wenn du als Richter dahergehst! Da giengen wir, und knieten vor der Hœle, und schmiegten das blasse Gesicht in die gefalteten bebenden Hænde, beteten an, und warteten, bis der Richter yber uns stehe, und aus dem Donner spreche: Du sollst sterben, und du Erde sollst vor meinem Zorn vergehn! Izt styrzten die Wasser vom Himmel, und die Flammen blizten nicht mehr aus den Wolken, und der Donner bryllte nur fernher. Da richtete ich mein Haupt auf, und sprach: Der HErr ist bey uns vorybergegangen, Eva!

er wird die Erde nicht verwysten, und wir werden heut nicht sterben; was wære sonst seine Verheissung, wenn er uns und unsern
kynftigen Saamen zerstœrte? und die ewige Weisheit gereuen Verheissungen nicht. Izt bebeten wir nicht mehr, und die Wolken zer-
trenneten sich, und die untergehende Sonne streute unaussprechlichen Glanz yber sie hin, eine himmlische Scene, wie wenn Schaaren
von Engeln auf thauenden Wolken yber Eden schwebten, und ihr
himmlischer Glanz weit durch den Luft-Kreis sich verbreitete, und
jede der Wolken wie Flammen schimmerte. So glanzvoll war izt der
westliche Himmel; Die ganze Gegend feyerte in zerflossener Glut,
jede Farbe war jugendlicher, jede zu blendendem Schimmer erho-
ben, und wir knieten da, beleuchtet gegen der untergehenden Sonne, und feyerten mit heiligem Erstaunen die Scene. So gieng das
erste Gewitter yber unserm Haupt hin. Das Abendroth erblasste zur
Dæmmrung, und der Mond goß sanfteres Licht auf die zerstreuten
Wolken; und izt fyhlten wir zum ersten male den næchtlichen Frost
auf unsern Gliedern, so wie am Mittag die Sonne mit ungewohnter
Hiz uns gesenget hatte. Wir hylleten uns in unsre Felle, die, ehe wir
aus dem Paradiese giengen, der gnædige Richter um unsre Lenden
warf; zum Zeichen, daß er in unserm Elend mitleidig seine Hylf uns
nicht versagen wolle, und da legten wir uns auf weiche Kræuter
und Blumen in der Hœle hin, und erwarteten in sanfter Umarmung
den Schlaf. Er kam, aber nicht leicht und sanft wie vorher, da wir
noch unschuldig waren; da fylleten unsre Einbildungs-Kraft nur
heitre læchelnde Bilder; diese hatten izt von ihrem Læcheln verlohren, und Unruhe, und Furcht und nagendes Gewissen mischeten
ængstliche, wunderbare, dunkle Gestalten unter sie. Es war eine
ruhige Nacht, ein angenehmer Schlummer; aber wie ungleich jener
Nacht, da ich, Eva, zum ersten mal in die Braut-Laube dich fyhrte,
da als die Blumen lieblicher als sonst dufteten; nie hatten die Lieder
des næchtlichen Vogels so harmonisch getœnt; nie hatte der Mond
so hellen Glanz ausgegossen, als da das Paradies die erste Braut-
Nacht feyerte. Doch, was verweil ich bey Bildern, die den schlummernden Schmerz aufweken? Schon trank die Morgensonne den
schimmernden Thau der Gegend, als unsere Auglieder sich œfne-
ten, und seltene einsame Vœgel sangen auf den Bæumen; denn die
Erde hatte noch keine Thiere, als die nach dem Fluch aus dem Paradiese flohen; der Garten des HErrn sollte keine Verwesung sehen.
Da giengen wir vor die Hœle, und beteten an; und izt sprach ich zu

Eva: Laß uns weiter gehn; wenn mein Blik diese offene Gegend durchirret, dann seh ich, daß wir unter Wohnungen wæhlen kœnnen, die mehrern Reichthum und mehrere Mannigfaltigkeit an Nahrung und Schœnheit haben. Siehst du jenen Fluß, durchs gryne Thal sich winden? dort scheinet ein Hygel einen Garten voll Bæum' auf grasreichem Ryken zu tragen. Ich folge, Geliebter, wo du mich hinleitest, sprach Eva, und drykt' ihre Hand in die meine, und wir verfolgten unsern Weg dem Hygel zu. Da sah Eva zur Seite einen Vogel, wie er ængstlich und mit traurigem Geschrey in kleinen Zirkeln umherflatterte, dann ohnmæchtig mit bebendem Gefieder auf einem niedern Gestræuche sich sezte. Sie trat næher, und ein andrer Vogel lag leblos vor dem Trauernden im Grase. Lang betrachtet ihn Eva yber ihm gebykt; da hub sie von der Erd ihn auf, und wollt ihn weken. Er erwachet nicht, sprach sie, und legte mit zitternder Hand ihn ins Gras hin. Er wird nimmer erwachen. Izt fieng sie an zu weinen. Der du da trauerst, so redete sie ihn an, vielleicht, ach! vielleicht wars dein Gatte! Ich bins, die Fluch und Elend yber die Erde, yber jedes Geschœpfe gebracht hat, du unschuldig Leidender, ich bins, ich Elende! Sie weinte laut und wandte sich zu mir, und sprach. Was ist dieß fyr ein Uebel? Ein entsezliches Uebel! jeder Empfindung unfæhig, jedes Glied ohnmæchtig versagt seine Dienste; wie nenn ichs? Tod – – Verwesung! O mir schauerts durch alle Gebeine! wenn dieß der Tod ist, und wenn der uns angedrohete Tod auch so ist, ô wie fyrchterlich! und wenn er dann so von mir dich trennte, und du – ô – Adam! ich bebe – ich kann nicht mehr! sie weinte laut, voll schmerzlicher Trauer zur Erde gebykt. Ich umarmte die weinende Geliebte und sprach: Hæuffe nicht Kummer und Schmerz: laß uns in vestem Vertrauen auf den wandeln, der die ganze Schœpfung unendlich weise regiert, und wenn er mit Dunkel sich umhyllet, und hoch auf seinen Richterstuhl sich sezt, Gnad' und Lieb' an seine Seite sich ruft. Sollte unsre Einbildungs-Kraft schrekliche Scenen der Zukunft sich schaffen, und unsre Vernunft unser Elend nur sehen? So wyrden wir die Spuren seiner Weisheit und Gyte blind vorybergehn, und uns selbst tiefer ins Elend hineingraben. Was er yber uns verhængt, ist unendlich weise und gytig; drum laß uns mit vester Zuversicht unter seiner Leitung wandeln, und mit heiligem Ehrfurchtsvollem Erstaunen ihn loben.

Izt wandelten wir wieder dem Hygel zu, wir giengen durch das fruchtbare Gestræuche, das seinen Fuß umkrænzte, auf seiner Stirne stand eine Ceder aus den kleinern Frucht-Bæumen empor, und streute hoch herunter weit verbreitete Kyhlung, und in ihrem Schatten floß eine Quelle durch Blumen. Da lag eine unabsehbare Gegend in offener Aussicht vor uns, und verlohr sich dem zu schwachen Auge in neblichter Luft. Dieß ist ein Schatten des Paradieses, eine bequeme Wohnung, ein Paradies werden wir hier nicht finden; nimm uns in deinen schyzenden Schatten auf, hohe Ceder! Und ihr, ihr manigfaltigen Bæume! ich will nicht undankbar eure Frychte pflyken, sie seyen der Lohn meiner sorgsamen Pflege. Allmæchtiger! sieh du von deinem Himmel gnædig auf unsre Wohnung herab, und hœre das flehende Gebett, die aufflammende Andacht und den Dank, der tæglich und styndlich durch die Wipfel dieses Schattens fyrhin zu dir empor steigen wird. Denn, hier wollen wir im Schweisse des Angesichts unsre Speise geniessen, in diesen Schatten wirst du Eva mit Schmerzen deine Kinder gebæhren; von hier sollen unsre Enkel yber die Erde sich ausbreiten, und unter diesen Bæumen soll einst der nahende Tod uns finden. O sieh herab, HErr! HErr! gnædig in die Wohnung des Synders herab! So sprach ich, und Eva betete auch an meiner Seite, mit andæchtig empor sehendem bethræntem Auge.

Da hub ich an, unter dem Schatten der Ceder eine Hytte zu bauen, und pflanzt einen Zirkel von Pfælen in die Erde, und flocht von einem zum andern Wænde von schlanken Gestræuchen, und Eva gieng hin, die Quelle durch Blumen zu leiten, oder verwilderte Gestræuche an Gelænder zu heften, oder hylflos hangende Blumen an Stæbe zu binden, und die reifen Frychte zu sammeln; und so assen wir zum ersten mal unsre Speise im Schweisse des Angesichtes. Als ich hingieng an den Fluß, Schilfrohr zum Dach yber die Hytte zu sammeln, da sah ich fynf Schaafe, weiß wie kleine Mittags-Wolken, und einen jungen Bok in ihrer Mitt' am Ufer weiden. Leise trat ich da næher, zu sehen, ob sie mich auch flœhen, wie der Tieger und der Lœwe, die sonst vor meinen Fyssen gespielt hatten; aber sie flohen mich nicht, und ich trieb sie mit einem Rohrstab vor mir her auf den Hygel, dahin ins hohe Gras, wo Eva, beschæftigt aus yberhangendem Gestræuch eine Laube zu wœlben, die kleine Schaar nicht sah, bis ihr Geblœke sie rief Da sah sie sich um, ließ freudig die Gestræuche aus ihren Hænden zurykflattern, sie stand erst schychtern still, dann rief sie: O sie sind sanft und freundlich wie im Paradiese! Seyd mir gegrysst! ihr sollt bey uns wohnen, angenehme Gesellschaft! ihr sollt bey uns wohnen; hier ist hohes Gras und wol riechende Kræuter, und eine klare Quelle. Wie wird es lieblich seyn, wenn ihr um uns her im Grase hypfet, indeß daß wir der Bæume und des Gestræuches warten! So sprach sie, und streichelt ihre wollichten Ryken.

Die Hytte war izt gebaut, und Eva und ich sassen vor ihrem Eingang im Schatten; staunend sassen wir, als Eva so die Stille unterbrach: Schœn und mannigfaltig ist diese Gegend, und dieser Hygel ist mit vielerley Gewæchsen gezieret; auch kœnnen wir unter den Gewæchsen der ganzen Gegend wæhlen, und sie auf diesem Hygel verpflanzen, dann wird es dem Paradiese so æhnlich werden, als das Paradies, wie die uns besuchenden Engel sagten, dem Himmel æhnlich ist, ein nachahmender Schatten. Ach wie schœn war jene gesegnete Gegend! die ganze Natur goss da ihre mildesten Einflysse reichlich aus, dort wuchs alles in gedrængtem Ueberfluß viel schœner empor; Heere von Blumen in buntem Gedrænge, Blyhten und Frychte mischeten sich auf Stauden und Gebyschen, unzæhlbare Geschlechte von Bæumen breiteten da ihren Schatten aus, ein unendliches Gemische, alles herrlicher, alles læchelnder. Von allem sehen wir das wenigste um uns her; vielleicht vermag die verfluchte Erde nicht mehr sie zu geben, oder sie vertheilt sie, haushæltrisch arm, in verschiedenen Himmels-Strichen verschieden aus; und, Adam, schon hab ichs gesehen, wie der Tod und die Verwesung, (denn dieß wird wol der Tod seyn,) wie sie durch die ganze Natur herrschen; verwesende, hingefallene Frychte, hinwelkende Blumen; auch hab ich erstorbene Gestræuche gesehn, traurig des Schmukes der Blætter und Frychte beraubet. Zwar keimen junge Gestræuche neben den Verwesenden auf, frische Frycht' ersezen die hingefallenen Frychte, und aus dem hingestreuten Saamen der welkenden Blumen blyhn ihre Kinder empor. So, Adam, So werden auch wir einst hinwelken, von den um uns her aufgeblyheten Kindern.

Sie schwieg; und ich hub mit Wehmuth so an: Ach, Geliebte! mich quælen ganz andre Sorgen; wie leicht, wie willig wollt' ich den verlornen Reichthum allen missen! Aber das, das quælet mich, das ist mein schmerzlichster Verlust, daß ich aus der Gegend verbannet bin, wo GOtt sichtbar zu wandeln beliebte, wo er in gemildertem Glanz. im Hain wandelte, wenn eine heilige Stille seine Gegenwart feyerte. Ach! da unterwand ich mich oft, tief gebykt mit ihm zu reden; und der Allmæchtige hœrte freundlich die Rede seines Geschœpfes, und antwortete mir. Aber ach! dieß Vorrecht der reinen Geister haben wir verloren. Sollte das reineste Wesen unter den Syndern wandeln? auf einer Erde wandeln, die seinen Fluch verdienet hat? Zwar er sieht hoch von Seinem Thron mitleidig zu uns herab, und Seine Gnad' ybertrift in unserm Elend unsre kyhneste Hofnung. Auch scheint es, daß Engel hieher kommen, seine Befehle hier zu verrichten; aber mit zurykegelassenem Glanz und unsichtbar kehren sie schnell von diesem Ort der Verwesung zuryke; denn wir sind unwyrdig des Umgangs mit jedem Geist, der GOtt nicht beleidigt hat.

So unterredeten wir uns, und izt sassen wir tief staunend, und sahen traurig vor uns hin zur Erde. Da wand ein hell glænzendes Gewœlk hoch sich herunter; sein Fuß floß izt am Hygel hin, und eine himmlische Gestalt trat mit majestætischem Læcheln aus der lichthellen Wolke glænzender hervor. Schnell standen wir auf, und giengen ihm tief gebykt entgegen; und der Engel redete zu uns: Der im Himmel Seinen Thron hat, vernahm eure Reden; Geh, sprach er zu mir, und sage den Trauernden: Mich schliesset kein Himmel ein; jeder Punct meiner Schœpfung ist meiner Gegenwart voll. Oder wer macht, daß die Sonnen fortleuchten? Wer, daß die Sternen in ihrem Laufe nicht still stehn? Wer machts, daß die Erde ihre Frychte bringt, und daß Tag und Nacht auf einander folgen? Wer erhælt die Wesen, daß sie leben und athmen; und wer erhælt dich, daß du nicht hinsinkest und verwesest? Ich bin bey dir, spricht der HErr, und dein geheimster Gedanke ist mir offenbar.

Voll heiligen Schauers stand ich im umfliessenden Glanze, hub mein geblendetes Aug empor und sprach: Unbegreiflich ist die Gnade des HErrn; er siehet in unser Elend herab, und sendet Engel zum Synder. Ach! ich stehe beschæmt vor dir, und wag es kaum aufzubliken; aber vergœnne mir, meine dunkeln Besorgnisse dir zu sagen. Ach! ich empfinde, ich sehe mit heiligem Erstaunen die Allgegenwart GOttes durch die ganze Schœpfung. Wie kann der Syndebeflekte von dem reinesten Wesen fodern, daß er sein Angesicht næher ihm zeige? Aber, wird so der fortgepflanzte Mensch vielleicht verschlimmert nicht noch elender werden, und die Begriffe vom vollkommensten Wesen nur verworren und dunkel noch kennen? Denn wie ich gefallen bin, kœnnten sie nicht tiefer noch fallen? Wenn ich einst nicht mehr von seiner Gyte zeugen kann, dann wird zwar jeder Wurm sie verkynden; aber wird die Stimme der Natur ihnen nicht zu leise seyn, wenn GOtt sein Antliz so vor den Menschen verbirgt? O dieser Gedanke ligt wie ein Gebyrg yber mir!

Der Himmlische wyrdigte mich, meine Rede freundlich so zu erwiedern: Vater der Menschen! er, in dem alles ist und athmet, was in der ganzen Schœpfung lebt, er will deinen Saamen nicht verlassen; oft zwar werden ihre Synden Rache fodernd zu ihm aufsteigen, daß er seinen Donner ergreift, und in seinen Gerichten sich offenbaret, daß die Synder bebend im Staube sich wælzen, und sagen: Das ist GOtt! Noch œfter wird er durch seine Gnade sich offenbaren. Wenn sie von seinen Wegen abgewichen sind, wird er gnædig sie zurykerufen; denn er wird Weise unter den Menschen erweken, die ihren Verstand aufheitern, daß sie aus den Wildnissen des Unsinns und des Verderbens, zurykkehren und auf den wiedergefundenen Wegen des HErren wandeln. Oft wird er Propheten unter sie senden, daß sie die Gerichte oder die Gnaden des Hœchsten ihnen verkynden, welche die ferne Zukunft noch in ihrem Schoosse zurykhælt; daß sie sehen, daß die ewige Weisheit es ist, die das Labyrinth des Schiksals lenkt. Oft wird er durch Engel mit ihnen reden, oft durch Wunder; und es werden Fromme seyn, zu denen er selbst von seinem Thron heruntersteigen wird, bis endlich das grosse Geheimniß zum Heile des Menschen sich enthyllet, und der Saame des Weibes der Schlange den Kopf zertritt.

Er schwieg; sein freundliches Læcheln machte mich kyhn noch einmal zu reden: Himmlischer Freund! wenn der Synder so dich nennen darf? doch sollten Engel ihn hassen; ihn, den der Ewige nicht hasset, an dem die unendliche Gnade des HErrn so wunderbar sich offenbaret, daß die Himmel ihr Erstaunen nicht sagen, und die Seele im Staub' ihren Dank nicht stammeln kann. O vergœnne mir dich zu fragen! Ist es dir nicht erlaubt, die Geheimnisse aus ihrem heiligen Dunkel vor mir zu enthyllen? Was ist die grosse Verheissung? Des Weibes Saame wird der Schlange den Kopf zertreten; und was ist der Fluch? Du sollst des Todes sterben. Izt antwortete der Engel: Was mir zu enthyllen vergœnnt ist, das will ich

vor dir enthyllen. Wisse denn, Adam, da als du gesyndigt hast; – –
Der Mensch ist gefallen, sprach da die Stimme GOttes vom Thron
herab, und er soll sterben. Da umhyllete plœzlich ein schrœkliches
Dunkel den ewigen Thron, und eine feyernde Schauer-volle Stille
herrschete durch den Himmel. Nicht lange herrschete die Schauervolle Stille, das Dunkel œfnete sich vor dem Thron, noch nie hat
GOtt so seine Herrlichkeit den Engeln enthyllet; nur damals, da er
hervortrat und zu diesen wandelnden Sonnen und Sternen sprach:
Werdet; und die schaffende Stimme da durch das Unermeßliche
gieng: Da tœnte seine Stimme laut durch den ganzen Himmel: Ich
wende mein Angesicht nicht vom Synder; die Erde soll von meiner
unendlichen Gnade zeugen. Er wird der Schlange den Kopf zertretten, der Saame des Weibes; die Hœlle wird sich ihres Sieges nicht
freuen, und der Tod wird seine Beute verlieren. Feyert ihr Himmel!
So sprach der Ewige; der Erzengel wære im blendenden Glanz hingesunken, hætte der Thron sich nicht bald in gemilderten Glanz
gehyllet. Da feyerten die Himmel das grosse Geheimniß der unendlichen Gnade den ganzen himmlischen Tag durch. Selbst dem Erzengel umhyllet sich das grosse Geheimniß im Dunkel, durch was
fyr ein Wunder sich GOtt mit dem Synder versœhnt. Das wissen
wir, und es ist dir zu wissen vergœnnt, daß dem Tod seine Macht
geraubt ist; er entfesselt die Seele, die GOtt im Staub nicht verkann-
te, der Bande des Fluches; nihmt den Leib in den Staub zuryk, daß
die Seele empor steige, unendlich selig wie wir. Und izt hœre, was
der HErr zu dir spricht: Ich will dir gnædig seyn, dir und deinem
Saamen, und es sey ein Zeichen zwischen mir und dir, daß ich der
grossen Verheissung eingedenk seyn wolle. Bau einen Altar auf
diesem Hygel; so oft ein Jahr den Tag zurykbringt, da ich die Verheissung dir that, wird eine Flamme vom Himmel steigen und auf
deinem Altar lodern; dann sollst du ein junges Lamm opfern, daß
die Flamme dasselbe verzehre. Und nun hab ich die Geheimnisse
vor dir enthyllet, so weit den Geschaffenen sie zu sehen vergœnnt
ist. Noch hat der Hœchste mir erlaubt, eh' ich zurykgeh' euch zu
zeigen, daß ihr nicht einsam hier wohnet, und das diese Erde, ob sie
gleich verflucht ist, reine Geister mit euch bewohnen, die auf des
Ewigen Befehl fyr euern Schuz und eure Erhaltung wachen. Da trat
der Engel næher und beryhrt' unsre Augen. Worte sind zu schwach,
die Schœnheit des herrlichen Gesichtes zu sagen; wir sahen himmlische Jynglinge, unzæhlbar durch die Gegend zerstreut, schœner als

Eva war, da sie neu geschaffen aus des Ewigen Hænden hervorgieng, und mit lieblicher Stimme zu ihrer Umarmung mich wekte. Einige hiessen die sanften Nebel aus der Erde hervorgehn, und trugen sie auf schwebenden Flygeln empor, daß sanfter Thau zur Erde falle und erquikender Regen; dort ruheten andre bey sprudelnden Bæchen, besorgt, daß ihre Quelle nicht versiege, damit den Gewæchsen ihre feuchte Nahrung nicht entstehe. Viele waren auf den Triften zerstreut, und warteten des Wachsthumes der Frychte, oder bemahlten aufkeimende Blumen mit der Farbe des Feurs oder des Abendroths, oder mit der Farbe des Himmels, und hauchten sie an, daß sie liebliche Geryche zerstreuten; viele schwebten verschieden beschæftigt im Schatten der Haine. Von ihren glænzenden Flygeln zerstreuten sich sanfte Winde, die durch die Schatten sæuselten, oder yber Blumen sanft dahin fuhren, und dann auf schlængelnden Bæchen oder kræuselnden Teichen sich kyhlten. Einige ruheten von ihrer Arbeit und sassen in Chœre vertheilet im Schatten, und sangen in die goldne Harfe zum Lobe des Hœchsten, dem Ohre der Sterblichen unhœrbare Lieder. Viele wandelten auf unserm Hygel, oder sassen im wirthschaftlichen Schatten unsrer Lauben, und sahn mit himmlischer Freundlichkeit oft zu uns hin; aber unsre Augen verdunkelten sich wieder, und die entzykende Scene verschwand.

Dieß sind die Schuz-Geister der Erde, so sprach izt der Engel. Viele Schœnheiten und Wunder der Natur sind zu fein, um von den Sinnen der Sterblichen genossen zu werden; aber der Schœpfer will, daß jede Schœnheit seiner Schœpfung von denkenden Wesen genossen werde; und diese euch verborgenen Wunder sind das Entzyken und die Bewundrung unzæhlicher Geister-Geschlechter. Auch sind sie geordnet, der Natur in ihrer geheimen Werkstatt zu helfen, die mannigfaltigen Wirkungen nach den ewig vorgeschriebenen Gesezen hervorzubringen. Auch sind sie zum Schuze der Menschen und zu Bemerkern ihrer Thaten geordnet, unbemerkt vom Menschen oft drohendes Unglyk zu wenden; sie begleiten ihn durch die ihm Labyrinthe scheinenden Pfade seines Lebens, daß Gutes aus anscheinendem Bœsem entspringt; sie sind die stillen Zeugen deiner wirthschaftlichen Freuden, und begleiten deine verborgensten Handlungen mit beyfallendem Læcheln oder trauriger Verachtung. Durch sie wird der HErr die Lænder mit Ueberfluß segnen, durch sie oft Hunger und Elend zu Vœlkern bringen, die von ihm abgewichen sind, daß er durch die Stimme des Elends sie zurykrufe.

So redete der Engel freundlich mit uns, und izt trat er in die glænzende Wolke zuryk, und wir knieten hin, und weinten voll unaussprechlichen Entzykens yber die unendliche Gnade, und stammelten vor dem Ewigen unsern Dank.

Da baut ich den Altar auf der Stirne des Hygels; und seitdem war Eva bemyhet, ein nachahmendes Paradies rings um die heilige Stætte zu schaffen. Was sie auf Fluren und Hygeln von blumigten Gewæchsen fand, verpflanzte sie rings um den Altar her, und begosse sie alle Morgen und alle Abend mit klarem Wasser aus der rieselnden Quelle, die sie durch ihre Labyrinthe leitete. Ihr Schuz-Geister, die ihr mich umschwebet, sprach sie dann, vollfyhret ihr dieses Werk meiner Hænde, denn ohn' eure Hylfe ist meine Pfleg umsonst. O! lasset sie schœner empor blyhen, als sie auf ihrem Geburts-Ort blyheten, denn dieser Ort ist dem HErrn geheiligt. Indeß pflanzt ich den weiten Kreis von Bæumen, die mit stiller festlicher Beschattung rings um den Altar stehn.

Unter solchen Beschæftigungen floh der Sommer mit seiner sengenden Hize bey uns voryber, schon gieng der bunte Herbst zu Ende; unfreundliche Winde kamen daher, und die Gebyrg' umhylleten sich mit einem Kleide von Nebel. Aengstlich sahen wir da die Natur so trauern, und wussten nicht, daß die krænkliche Erde, von ihren Gutthaten ermydet, durch die Ruhe des Winters sich erholen muß; denn vor dem Fluche waren der blumichte Fryhling, der Sommer und der Herbst, die Hænde verschlungen, immer gleich læchelnd und immer gleich gegenwærtig. Noch mehrete sich die Trauer der Natur; die Blumen waren hingesunken, nur wenige blyheten noch einsam auf den Fluren und um den Altar her, und trauerten ihrer Verwesung entgegen; vielen Bæumen entfiel das entfærbte Laub, und die Frychte den Aesten; da kamen unfreundlichere Winde, und Sturm, und Regen-Gysse; und Schnee bedekte die hohen Berge. Mit bangem Erwarten sahen wir diese Verwystung, besorgt, der Fluch fang' erst izt an, auf die Erde zu wirken. Wird denn die Natur jede zurykegelassene Schœnheit verlieren? Die Erde war arm gegen dem Paradiese, doch hatte sie noch Reichthum genug, Bequemlichkeit und Anmuth unsern Tagen zu geben; aber wenn der Fluch so die Erde dryken soll, wie traurig, wie arm werden dann unsre Tage seyn! So dachten wir; und dann ermahneten wir uns, jeden unzufriednen Gedanken aus unserm Herzen wegzupflyken, und mit anbetender Ehrfurcht auf den HErrn zu hoffen. Izt sammelten wir einen Vorrath von Frychten, und trokneten beym Feuerherd, was Verwesung und Fæulniß uns geraubet hætten., und ich verwahrete die Hytte, daß sie vor Sturm und Regen uns schyzte. Indeß irrte die kleine Heerde traurig am Hygel, und suchte die Kræuter, die zwischen der Verwystung gryneten. Oft gieng ich selbst hin, auf Fluren und Hygeln einen Vorrath von Speise fyr sie in ihre Wohnung zu sammeln. Traurig und langsam, jeder von Sturm und Regen begleitet, schlichen die Tage bey uns voryber; bald aber kam die belebende Sonne zuryk, und zerstreute die traurigen Gewœlke; sanftere Winde jagten die schleichenden Nebel von den Bergen, da fieng die Natur wieder an jugendlich zu læcheln, ein sanftes Gryn kleidete die Erde; ein buntes Gemische von Blumen schoß auf den Fluren empor, und lachte der Sonn' entgegen; Gestræuch und Bæume glyheten in mannigfaltigem Schmuk, und Freud und Munterkeit herrscheten durch die ganze Natur. So kam der frohe Morgen des Jahres, der blumigte Fryhling zur Erde zuryk; herrlicher als andere blyhete der junge Kranz von Bæumen um den Altar her, und Eva sah mit frohem Erstaunen jede Blume wieder blyhen, oder sanft emporkeimen, die sie auf der heiligen Stætte verpflanzt hatte. Umsonst wyrd ich es versuchen, ihr Kinder, euch unser Entzyken zu schildern; voll unaussprechlicher Freude traten wir vor den Altar hin; die Sonne beleuchtete mit dem reinesten Glanz den heiligen Ort; jedes Geschœpfe schien da sein Lob dem HErrn zu opfern; die Blumen umher erfylleten die Luft mit den lieblichsten Gerychen, und die Bæume streuten von dem mannigfaltigen Schmuk ihrer Blythen auf den Altar hin. Die kleinen beflygelten Bewohner des Grases lispelten ihre Freud', und die Vœgel sangen unermydet von den Bæumen. Da knieten wir hin, Freuden-Thrænen entsanken dem Auge zum Morgen-Thau auf Blumen, und unser inbrynstiges Gebett stieg zu dem HErrn der Natur empor; zu GOtt, der lauter Gnad ist, und der aus jedem anscheinendem Bœsen nichts als Gutes empor blyhen læßt.

Nun hub ich an, ein kleines Feld am Hygel zu bauen, und ge-sammelte Saamen in die befruchtende Erde zu streuen, oder frucht-reiche Gewæchse an den Hygel zu verpflanzen, die ich weit umher in der Gegend zerstreut fand, und oft gab da die Natur, oder ein Zufall oder mein Nachsinnen mir Mittel und Erfindungen, die Ar-beit mir zu erleichtern. Oft zwar hat die Arbeit mich betrogen, daß ich die bequeme Zeit oder den Ort des Bauens und des Pflanzens verfehlte, oft auch hat meine Erfindungs-Kraft umsonst gebrytet, eine kleine Kunst zur Erleichterung meiner Arbeit zu erfinden, und ich hætte noch œfter mich betrogen, noch œfter hætte die Erfin-dungs-Kraft umsonst gebrytet, hætten nicht Schuz-Engel zu meiner Seele geflystert.

Als ich einmal bey fryhem Morgen aus meiner Hytte hervorsah, gegen den Altar hin, siehe! da loderte die Flamme des HErrn auf dem Altar, hell in der Dæmmrung, und die kommende Morgen-sonne vergoldete die von ihr empor wallende Sæule von Rauch. Eva! so rief ich, heut ist der festliche Tag der grossen Verheissung; siehe! die Flamme des HErrn ist auf unsern Altar heruntergestiegen; schnell laß uns hinausgehn, der Tag ist dem HErrn heilig; jede and-re Arbeit soll izt ruhen; geh du, und sammle die schœnsten Blumen, auf das Opfer sie zu streuen, und ich will hingehn, und das jyngste aus unsern Læmmern schlachten. Und da gieng ich hinaus, Kinder, und schlachtete das schœnste der Læmmer, das erste lebende Ge-schœpfe, das ich wyrgte. Erbærmlicher Anblik fyr mich! Ein Schau-er erschytterte mich, die Hand wære mir ohnmæchtig hingesunken, hætte die Heiligkeit des Geschæftes, der Befehl des HErrn, meinen Muth nicht erhœhet, da als es unter meinen bebenden Hænden winselte und æchzte, und fyr sein hinstrœmendes Leben mit fyrchterlichen Bewegungen immer kraftloser rang, bis es leblos vor mir lag. Aengstliche Ahnungen schauerten da durch meine Seele; aber, izt' legt' ichs auf den Altar, und Eva kam, und streute wolrie-chende Blumen auf das Opfer, und wir knieten mit heiliger Andacht vor dem Altar hin, da flammete unser Lob und unser Dank empor zu dem HErrn, der so gnædig seiner Verheissungen uns erinnerte; eine heilige Stille ruhete um uns her, wie wenn die Erde die Er-scheinungen GOttes feyert, und da schien es des Sterblichen Ohr, als ob es leise Hymnen vernæhme, die die Engel um uns her zu unserm Gebete mischeten. Izt hatte die Flamme das Opfer verzehrt, und nun erlosch sie auf dem Altar, und ein himmlischer Geruch erfyllete die Gegend.

Nicht lang, ihr Kinder, nach dem festlichen Tag der hohen Versœhnung, gieng ich bey der Abend-Sonne, an der Seite meiner Geliebten von meiner Arbeit zu ruhen, den Hygel hinauf, und suchte sie in der Hytte und in dem Schatten der Lauben, und da fand ich sie entkræftet an der Quelle sizen, und du Erstgebohrner lagest in ihrer Schoos. Die Schmerzen der Geburt hatten bey der sanften Arbeit an der Quelle sie yberfallen; sie weinte Freuden-Thrænen auf dich hin, und izt sah sie læchelnd zu mir auf. Sey mir gegrysst, Vater der Menschen! so sprach sie, der HErr ist in meinen Schmerzen mir beygestanden, und ich habe diesen Sohn gebohren. Da ich auf die Welt ihn grysste, da nannt ich ihn Kain. O du Erstgebohrner! Der HErr hat gnædig auf deine Geburtsstunde herniedergesehen; seinem Lobe sey jeder deiner Tage geweyht. Wie schwach, wie unbehylflich ist der vom Weibe Gebohrne! Aber, blyhe empor, wie die junge Blum im Fryhling empor blyhet; dein Leben sey ein sysser Geruch vor dem HErrn! Auch ich weinte da Freuden-Thrænen, nahm sanft dich in meine Arme; Sey mir gegrysst, du Mutter der Menschen! so sprach ich, der HErr sey gelobet, der in deinen Schmerzen dir beystand! Sey mir gegrysst, Kain! du erster vom Weibe mit Schmerzen Gebohrner! der du izt anfængst dem Tod entgegen zu leben, sey mir auf diese Erde gegrysst! O GOtt! siehe gnædig vom Himmel herab, auf dein schwaches Geschœpfe herab, und giesse deinen Segen mild auf sein aufkeimendes Leben. Wie syss wird es mir Seyn, die junge Seele von den Wundern deiner Gnade zu unterrichten! Fryh und spæt will ich die jungen Lippen zu deinem Lobe gewœhnen. Ja, du Mutter der Menschen! so werden Geschlechter um dich her aufblyhen! Einsam stand so jene Myrrthe, da sprosseten liebliche Kinder rings um ihren mytterlichen Stamm, und so oft der Fryhling sie wieder schmykte, so oft læchelte entfernter ein neu aufkeimendes Geschlecht um ihre fryhern Kinder her, und izt ists ein kleiner geruchreicher Hain, weit umher fortgepflanzt. So, Geliebte! (lindert sie nicht deine Schmerzen, die sysse Aussicht?) so werden unsre Kinder um diesen Hygel sich verpflanzen. Weit auf der Ebene zerstreut werden wir dann vom Hygel herunter ihre friedsamen Hytten sehen. Pflykt der Tod nicht zu fryh aus ihrer Mitt' uns weg, dann werden wir sie, wie die fleissigen

Bienen mit vereinter arbeitsamer Hylfe, Nahrung und Bequemlichkeit, und jede Syssigkeit dieses Lebens zu ihren Hytten sammeln sehn. Oft werden wir dann von dieser Hœhe heruntergehn, in ihren Hytten und fruchtreichen Schatten unsre Enkel besuchen, die Wunder des HErrn ihnen erzehlen, zur Tugend und Frommkeit sie ermahnen, in ihren Freuden mit ihnen uns freuen, in ihrer Trauer sie trœsten. Dann werden wir von der Hœhe des Hygels tausend hæusliche Altære umherrauchen sehn, und der Opfer-Rauch wird unsern Hygel mit heiligen Wolken umhyllen; dann wird unsre Andacht durch sie empor steigen, unser andæchtiges Gebett fyrs Menschen-Geschlecht; und, kœmmt der festliche Tag der Versœhnung, die Flamme vom Himmel auf den ersten heiligsten Altar, dann sollen sie auf dem Hygel sich sammeln, und dann wollen wir aus ihrer Mitte hervorgehn, und opfern, wenn sie im weiten Kreis um uns herknien. So sprach ich in sanftem Entzyken, Kain! und kyßte mit der zærtlichsten Freude deine Wangen. Da nahm deine Mutter dich in ihre schwachen Arme zuryk, und ich half ihr von den Blumen aufstehn, und fyhrte die Kraftlose in die nahe Hytte. Bald kam da Stærke und Munterkeit in deine kleinen Glieder, und Freude und Læcheln ins Aug und auf die Wangen. Schon vermochtest du mit zarten Fyssen durch Blumen zu hypfen; schon huben deine kleinen Lippen an, junge Gedanken zu stammeln, da empfieng Eva, Mehala, deine Geliebte. Freudig hypftest du da um die Neugebohrne her, kysstest sie und ybergossest sie mit neu gepflykten Blumen. Da gebahr Eva dich Abel, und zulezt, Thirza, dich seine Geliebte. O wie yberstrœmte uns entzykende Freude! wenn wir eure jugendlichen Scherze und unschuldigen Freuden sahen, und wie eure jungen Seelen die sich entwikelnden Kræfte versuchten, und nach und nach zur Reife heranwuchsen. Da wachete die aufmerksame Sorge, jede eurer Neigungen vor Miswachs zu schyzen, daß sie, wie ein lieblicher Fryhlings-Strauß, emporblyheten, und vereint, liebliche Geryche der Tugend zerstreuten. Denn da, als ihr noch kindisch auf meinem Schoosse spieltet, sah ich schon, daß der in Synde Gebohrne eben so der Pflege bedarf, wie die von GOtt verfluchte Erde, nur unter der wachsamen Pflege sprossen die Fæhigkeiten und die edeln Neigungen hervor; und nun seyt ihr empor gewachsen, wie junge Gestræuche zu fruchtbaren Bæumen empor wachsen. Gelobet sey der HErr, der so viele Wunder der Gnad an uns allen that! Lasset zærtliche Lieb' und reine Tugend nimmer aus euern Herzen weichen, so wird die Gnad' und der Segen vom Himmel stets bey euern Hytten wohnen.

Adam schwieg izt; wie wenn ein zærtlicher Jyngling an der Seite seiner Geliebten fryh am dæmmernden Morgen das Lied der Nachtigall horcht; alles schweigt umher; das zærtliche Lied harmonisch mit ihren Empfindungen, lokt ihnen Thrænen auf die Wangen; aber izt schweigt der Gesang, lange noch horchen sie still zu dem Wipfel hin, wo die Sængerinn sang; umsonst, sie singt nicht mehr, und die andern Vœgel stimmen zwitschernd ihr mannigfaltiges Lied an. So horchten sie lang um den Mann und den Vater her. Sie hatten jede Scene seiner Geschichte nach empfunden; oft kamen Thrænen und Blæsse auf ihre Wangen, oft Heiterkeit und Læcheln; und izt huben sie alle an, dem Vater der Menschen ihren Dank zu sagen. Kain dankt' auch; aber er hatte mænnlicher nicht geweint und nicht gelæchelt.

DER
TOD ABELS.

DRITTER GESANG.

SIe traten izt aus der Laube hervor, Abel umarmte zærtlich seinen Bruder, und nun giengen sie, der Mond beleuchtete ihren Pfad, jedes Paar seiner Hytte zu. Abel umarmte seine Geliebte, und sprach: Was fyr Freude durchstrœmt meine Seele! Mein Bruder – – ach! mein Bruder zyrnt nicht mehr, und will mich lieben! O wie entzykten mich die Thrænen, die heute von seinen Wangen flossen. Nein, so erquiket der Thau den Fryhling nicht, wie diese Thrænen mich erquikten. Der wytende Sturm in seiner Seele hat sich geleget, und Ruh und Freude sind zu uns zurykgekommen. Der du mit unendlicher Gnade yber den Erstgeschaffenen wachetest, da sie einsam die grosse Erde bewohnten, ô befiehle du dem Ungestym, daß es nie wieder in seiner Seele erwache!

Thirza umarmt' ihn, frohes Entzyken beseelt ihre Worte; sie sprach: Ach! der sanfte Regen erquikt nicht so die versengeten Gefilde; der zurykkommende Fryhling nach dem ersten traurigen Winter, hat sie nicht so sehr entzykt, die einsam auf der Erde wohnten, als mich diese Thrænen entzykten, unsers Bruders zurykkommende Liebe! O gesegnete Stunde! Jugend und Heiterkeit kehrt auf die Stirne der Eltern zuryk, Freud und Wonne strœmt durch jeden Busen. Ach gesegnete Stunde! mir scheint die Natur schœner, und dein Licht heller, du still wandelnder Mond! – – So tœnt ihre Freude von ihren Lippen.

Indeß gieng auch Kain an seiner Mehala Seite nach der Hytte; sie blikte zærtlich ihn an, drykte seine Hand an ihre Lippen, und sprach: Geliebter! was fyr Ernst ruhet auf deiner Stirne? Vermag die zurykgekehrte Ruhe in deinem Herzen nicht Heiterkeit in deine Augen zu giessen, und die Runzeln deiner Stirne zu entfalten? Zwar hat dein ernster Verstand immer jede Freude gemildert, und in deinem Herzen verwahret. Aber, ô wie lachte die Freude und das Entzyken von jeder Wange, und ergoß sich aus jedem Auge, da, Geliebter, als du mit bryderlicher Liebe deinen Bruder umarmtest, da hat der Ewige von seinem Thron dich gesegnet, da haben die umschwebenden Engel Thrænen der Freude um uns hergeweint! Vergœnn es, Geliebter! meiner zærtlichen Liebe, vergœnn es der aufwallenden Freude, an meinen Busen dich zu dryken. Sie sprachs, und drykt' ihn inbrynstig an ihre Brust.

Kain umarmte sie, und izt sprach er: Eure yberstrœmende Freude beleidigt mich, ja sie beleidigt mich! Ists nicht, als ob sie laut zu mir sagte. Kain hat sich gebessert; vorher war er ein bœser lasterhafter Mann, ein Hæsser seines Bruders? Ich war so lasterhaft nicht, und – – læcherlich! Hab ich den Bruder gehasset, weil ich nicht immer mit meinen Thrænen und meinen Umarmungen ihn verfolgte? Ich habe den Bruder nie gehasset, nein, ich hab ihn nie gehasset; aber sein zærtliches unmænnliches Wesen, mit dem er mir jede Zuneigung stahl, das – – das beleidigte mich! Und – – Mehala! der Ernst runzelt nicht umsonst meine Stirne. Unweise hat er immer gehandelt, unser Vater, wenn er die unryhmliche Geschichte vom Fall und alle seine unseligen Folgen erzehlte. Was brauchen wirs zu wissen, und oft wiederholt zu hœren, daß wir durch seine und der Eva Schuld ein Paradies verlohren haben, durch ihre Schuld izt elend sind? Wyßten wir das nicht, dann wyrden wir unser Elend ruhiger dulden, und einen Verlust nicht bedauern, den wir dann unwissend erlitten hætten. Mehala hielt wehmythige Thrænen zuryk, und sah ihren Mann an, ob sie es wagen dyrfe ihm zu antworten; und da sprach sie mit sanften Worten: Ach zyrne nicht, Geliebter! ich kann die Thrænen nicht zurykhalten! Zyrne nicht, wenn ich dich flehe! Ach! laß jene zerstreuten Wolken des Unmuths nicht wieder yber deinem Haupte sich sammeln! heitre deine Seele auf, und sieh nicht immer nur Elend und Jammer, wo du unendliche Gnade und Erbarmen sehen solltest. Mach ihnen nicht Vorwyrfe, dem liebenden Vater und der zærtlichen Mutter, daß sie die Wunder erzehlen, die GOtt an den Gefallenen that, anbetenden Dank und vestes Vertrauen zu ihm in unsre Seelen zu pflanzen. O mach ihnen nicht Vorwyrfe! Ihnen, die jede unzufriedene Thræne, jedes Gefyhl von Elend, das sie aus unserm Betragen lesen, mit unaussprechlicher Wehmuth quælet. Kæmpfe, Geliebter! kæmpfe mit dem zurykschleichenden Gram, daß er nicht in dein Herze zurykkehre, und deine und unsere Tage mit traurigem Dunkel umhylle! Sie schwieg und sah mit bethrænten Augen zærtlich ihn an; da mischete freundliches Læcheln sich in seinen Ernst. Ich will ihn bekæmpfen, den zurykschleichenden Gram; umarme mich, Geliebte, er soll nicht mehr meine und deine Tage mit Dunkel umhyllen. So sprach er, und umarmte sie.

Lange schon hatte Anamelech (so nennt ihn die Hœlle) sein Betragen behorcht; zwar, er war von der niedrigen Classe der Geister, aber an Stolz und Ehrgeiz nicht geringer als Satan. Oft hatt' er in der Hœlle von seinen ihm veræchtlichen Gesellen ins Einsame sich hinbegeben, wo Schwefel-Bæche durch den versengeten Boden schlichen, zwischen ungeheuren dæmpfenden Felsen, die ihre schwarzen Hæupter in dem Gewœlbe træg ruhender Wetter-Wolken verbargen; der fyrchterliche Wiederschein, den jenseit der Gebyrge empor wallende Flammen in die Wolken hinstreuten, goß braune Dæmmrung auf das schwarze Dunkel seines Weges. Damals, als die Hœlle mit tobendem Getœse Triumph und Lob ihrem Kœnig zurief, als er aus der neuen Schœpfung zurykkam, und stolz von seinem Thron heruntererzehlte, wie er die Neugeschaffenen verfyhrt, und den HErrn des Himmels genœthiget habe, Tod und Fluch yber das neue Geschœpf seiner Hænde auszudonnern; da schwoll das schwarze Gift des Neides in seinem Busen. Soll er nur Ehre und Ruhm haben, und sie, die stolz um seinen Thron her sizen? Und ich soll unbemerkt unter den veræchtlichen Schaaren in dem Dunkel der Hœlle schleichen? Nein, ich will Thaten erfinden, yber die die Hœll' erstaunen soll; und dann soll – – dann soll Satan, wie der niedrigste der Hœlle mit Ehrfurcht meinen Namen nennen! So dacht' er und brytete im Einsamen, Verwystung durch die Schœpfung und Jammer und Elend unter die Menschen. Es gelang ihm auch, daß die Hœlle selbst mit Entsezen seinen Namen nennte. Er wars, der nachher jenen verruchten Kœnig vermochte, Bethlehems unschuldige Jugend zu morden; læchelnd sah ers, wie die menschlichen Satane unter den Kindern wyteten, an Blut-triefenden Mauern sie zerschmetterten, oder mit blutigem Schwerdt in den ringenden Hænden der heulenden Mutter tœdeten. Da schwebt' er læchelnd yber den hohen Zinnen der Stadt, und hœrte das Schreyen der sterbenden Kinder, und das Schluchzen untrœstlicher Mytter, sah mit hœllischer Freude, wie die kleinen Todten zerstymmelt und mit weit offenen Wunden zerstreut lagen, und unter den blutigen Sohlen daherwandelnder Mœrder knirschten, und wie die Mytter und Væter und Bryder und Schwestern mit jammerndem Winseln im unschuldigen Blute sich wælzten.

Ich will hinaufgehn, so sprach er izt, ich will hinaufgehn zur Er-de, will sehen, was das ist, du sollst sterben, hingehn will ich und tœden. Da gieng er durch die Pforte der Hœlle, den Pfad hinauf, den Satan durch die alte Nacht und durch das tobende Reich des Chaos bezeichnet hatte. Ein wolgerystetes Schif, das Ræuber yber das weite Meer fyhret, fæhrt so mit ausgespanneten Segeln in der Nacht daher; bald wird es an den hesperischen Kysten landen, dann werden sie die ruhigen Bewohner irgend einer Dorfschaft yberfal-len, und ihre muntre Jugend ihnen rauben; dann weinen die Eltern und Geschwister und die untrœstliche Braut, und jammern am Ufer dem sich entfernenden Raube nach. Schnell, doch lange wandelt er so im dunkeln Schœpfung-losen Reiche der Nacht. Izt leuchteten an der Grænze der Schœpfung die æussersten Sonnen ihm fernher entgegen. Wie einer, der um næchtlichen Mordens willen bey finst-rer Nacht nach einer kœniglichen Stadt geht, die auf der Ebne von unzæhlichen Lichtern erhellet vor ihm ligt, furchtsam schleicht er sich hinein, und weicht jedes beleuchtende Licht aus; eben so furchtsam schlich der Verworfne durch die Schœpfung hin, zur Erde. Er schwebte nicht lang yber der Erde, den Wohn-Ort der Menschen zu suchen; sein scharfer forschender Blik fand ihn bald, und izt senkt' er sich hoch herunter, in schattigtes Gebysche. Und, so sprach er, das ist sie, die Erde, yber die er den Fluch sprach; hoch herunter hab ich das Paradiese gesehen, vom flammenden Schwerdt bewachet; es ist schœn, den Gefilden des Himmels æhn-lich; das haben sie verlohren! Aber diese Erde ist doch keine Hœlle! Vielleicht haben sie durch niedertræchtig winselndes Flehen seinen Zorn gemildert; vielleicht ist ihr grœberer Cœrper Qualen und Schmerzen ausgesezt, die auf reinere Geister und ætherische Cœr-per nicht wirken kœnnen; denn hier kœnnt ich glyklich seyn, folgte die Hœlle mir nicht aller Orten nach. Ich sehe Engel hier wandeln, ich muß trachten ihrer Bemerkung zu entgehen, daß sie nicht jedes meiner Vorhaben hindern. Dort, am Hygel beschæftigt, seh ich sie, die Gefallenen, doch scheinen sie nicht elend zu seyn; vielleicht geht ihr Elend erst mit dem Tod an; – – ich wills versuchen und tœden. Auch wollen wir zu Thaten sie verleiten, – – denn wie es scheint, so ist ihr Herz jeder Verfyhrung offen. Gelang es dem Satan durch leichten Betrug, da sie noch vollkommen waren, wie viel leichter wird es izt seyn! izt, da sie es nicht mehr sind, und unter dem Fluche stehen. Wir wollen zu Thaten sie verfyhren, daß die Engel mit Entsezen von der Erde fliehen, und er, der sie schuf, mit seinem Donner sie zerschmettert, oder tief in die Hœlle sie styrzet; dann wollen wir von den schwarzen Ufern es sehen, laut lachend es sehen, wie sie in den flammenden Wellen der Hœlle sich wælzen, die schœnen Bewohner der neuen Schœpfung! Dort auf dem Felde steht einer, mit finstrer gerunzelter Stirne; darf ich den Zygen seines Gesichtes trauen, so werd ich grosse Thaten durch ihn thun. Ich will hingehn, und jede seiner Neigungen, jeden seiner Gedanken ausspæhen.« Er sprach so, und wandelte schlau verborgen unter den Menschen umher, auf Verfyhrung und Morden bedacht.

Auch izt hatte der Verworfne an Kains und seines Weibes Seite geschwebt und ihre Reden behorcht. Kaum waren sie in ihre Hytte getreten, da stand er still und sprach mit hœnischem Lachen: Laß die zerstreuten Wolken des Unmuths nicht wieder yber deinem Haupte sich sammeln. Bekæmpfe den zurykschleichenden Gram – – elender Kæmpfer! das Gute wird auf deinem unwilligen Boden nicht aufkeimen, ich will es immer verwysten. Und die zerstreuten Wolken des Unmuths – – ha, dichter und schwærzer will ich yber deinem Haupte sie sammeln, dicht und schwarz, wie Wolken, die mit ewiger Finsterniß die Stirnen hœllischer Gebirge umhyllen; leichte Myhe! Du selbst sammelst sie zuryk, ich darf dir nur helfen. sysses Geschæft! ich will dir helfen yber deiner Stirn sie sammeln; dann soll Jammer und Elend, neues, den Sterblichen noch unbekanntes Elend, aus ihnen unter die Menschen hervorgehn, und dann soll ein schwærzeres Dunkel eure Tage umhyllen, schwarz wie die Nacht, die nie dæmmernd vor der Hœlle ruhet!

Die liebliche Morgen-Sonne kam izt zuryk; alles war Gesang-voll und munter. Kain nahm Sein Geræth' und wollt' aufs Feld gehn; Schon hat Abel ihn zærtlich gegryßt, und wollte seine Heerde auf die thauigte Trift leiten; und Mehala und Thirza wollten Hand in Hand in den Garten, in dessen Mitte der Altar stand, gehen, als Eva mit traurigen Geberden aus ihrer Hytte kam. Mit ængstlicher Besorgniß traten sie um die Weinende her, ach Mutter! – – du weinest, ach! warum weinest du? So fragten sie; und Eva sah mit wehmythigen, bethrænten Augen sie an, und sprach mit geschluchzeten Worten: Ach Kinder! vernahmet ihr nicht das traurige Aechzen von der Hytte her? Heftige Schmerzen haben in der Nacht euern Vater yberfallen. Und izt kæmpft er mit dem Schmerz, der alle seine Gebeine durchwyhlt, kæmpft mit jedem Seufzer, der seinem schwer athmenden Busen entrinnt, hælt jede Klage zuryk und will mich trœsten. Ach! Kinder! schwere, dunkle Besorgnisse schweben vor meinem Haupt, und mein beklommenes Herz ist jedem Troste verschlossen. Oft, wenn er stillruhend nicht seufzet, dann staunt er ernste Gedanken, dann winselt er ængstlich auf seinem Lager, Angstschweiß fließt dann von seiner Stirne, und die zurykgehaltenen Thrænen entstyrzen hæufiger seinen Augen. Ach! Ahnung, schrekenvolleste Ahnung – – du ligst wie ein fyrchterliches Gebyrg yber meiner schauernden Seele. Haltet mich, Kinder, mich Elende, und laßt uns in die Hytte gehn. Izt hienge sie weinend an der Mehala Schulter, und gieng, vom traurigen Gefolg ihrer Kinder begleitet, in die Hytte.

Sie standen traurig um das Bette des Vaters her; er lag izt ruhiger da, und sein Gesicht und seine Geberden verkyndeten, wie seine Seele in dem Tumulte quælender Schmerzen unbezwingbar herrschete. Mit zærtlichem Læcheln sah er die Trauernden an, und sprach: Geliebte! die Hand des HErrn hat Schmerzen yber meinen Staub ausgegossen, daß sie in meinem Innern toben: Gelobet sey er, der alles weislich regieret! Oder hat er diesen Schmerzen befohlen, daß sie die Bande auflœsen, die meine Seele an diesen Leib fesseln, soll der Staub in die Erde zurykgehn, ô dann will ich anbetend die schauervolle Stund erwarten, und ihn loben den HErrn des Lebens und des Todes, bis der Staub dahinsinkt; dann kann sie ihn wyrdiger loben, die Seele von dem Leibe befreyt, den der Fluch gedrykt hat. Ja, Allmæchtiger! so stolz erlaubest du der Seele des Sterblichen zu denken. Billich bin ich der erste, der den Staub der Erde zurykgiebt; aber, ô Allmæchtiger! stehe du mir bey, laß jede selige Hofnung hellglænzend vor meiner Seele schweben; verlaß, ô verlaß mich nicht! wenn die ernste Todesstunde yber meinem Haupt hingeht, und die lezten Schauer durch meine Gebeine beben! Quælet mich nicht, Eva, und ihr, geliebte Kinder, mit untrœstlichem Jammer. O – – wie ihr da steht, in tiefe, stumme Trauer gehyllet! Geliebte! – – ach! quælet mich nicht mit untrœstlichem Jammer! Vielleicht sind diese Schmerzen nur die ersten Boten des Todes, den langsam eine noch ferne Stunde daherfyhrt; vielleicht ruft der HErr diese Schmerzen aus meinen Gebeinen zuryk. Aber, bereitet eure Seelen, daß sie nicht unter dem Jammer erligen, wenn er meine Seele aus dem Staube ruft, von dieser Erde, von euch weg mich ruft. – Hier weinte der Vater, und sah sie still an, sein thrænenvoller Blik ruhete auf jedem, am lœngsten und wehmythigsten auf Eva; dann fuhr er fort: Zwar, ach! der Anblik des ersten Todes wird schrœklich seyn, wird euer Innerstes erschyttern, schauervoller wird das Sterben des Ersten seyn. Er steh euch bey, er, der im Elend uns nie verließ, der in der schreklichen Stunde mich nicht verlassen wird. Izt gehet hinaus, Kinder, gehet, betet; vielleicht will eine sanfte Ruhe meine myden Glieder erquiken.

Der Vater der Menschen schwieg; und die weinenden Kinder bykten sich, seine entkræftete Hand zu kyssen. Ach! Vater! so sprachen sie, wir wollen gehn und hinknien und beten; erquikende Ruhe senke sanft sich auf deine Glieder; und ach! daß unser Gebet erhœrt werde, daß, ehe du erwachest, der HErr die Schmerzen aus deinen Gliedern zurykrufe!

Leise seufzend giengen die Kinder von seinem Bette aus der Hytte; nur Eva blieb zuryk. »Izt will ich schlummern, sprach Adam, ô weine nicht, du meine theure Geliebte! oder mein erwachender Kummer verjagt die kommende Ruhe.« Und izt verbarg er sein Gesicht in verhyllende Felle; er wollte sorgsam seinem Weibe den mæchtigen Kummer verhelen, der seine geœngstigte Seele durchstrœmte. »Bist du es, so dacht er leise, du schauervolle Stunde? Ja du bist es, wie schreklich schwebst du yber mir! O GOtt! ô GOtt! verlass mich Synder nicht! Aber, so schreklich du bist, so wær es Trost, lindernder Trost, wærst du auch noch schreklicher, kœnnt' ich fyr alle sterben, fyr alle in den Staub gehn! Aber sie werden mir folgen, yber jeden, den das Weib gebahr, wirst du einst deine Schreknisse, dein schauervolles Dunkel ausbreiten; denn was anders kann aus meinen Lenden hervorgehn, als sterbliche Synder? Was von mir das Leben empfængt, muß sterben! von ihnen wegsterben, die um uns her weinen, von den Geliebtesten weg, von ihnen, die dieß Leben mit tausend edeln Freuden schmykten. Eva, ô theure Geliebte! ô wie wirst du yber meinem Staube ligen und weinen! Ja, schrekliche schauervolle Aussicht! wird dann mein ruhender Staub nicht erbeben? wenn hylflose Kinder die hingesunkenen Eltern beweinen, hylflose Eltern den Trost ihres Alters, den einigen Sohn, Brydern die Schwester, das zærtliche Weib bey der Hylle des Mannes winselt, und bey der Hylle des Jynglings die Braut. O fluchet mir nicht, Kinder! fluchet meinem ruhenden Staube nicht! Billich ist er mit Schauer und Schreknissen bewafnet, der nahende Tod, billich fyhlen wir die ganze Last des Fluches, in der lezten Stunde, der Stunde, die uns aus diesem Leben der Synde ruft, ist ers gleich, der diesen zerrytteten Staub von der Seele nihmt, damit der Fluch izt aufgehebt und sie selig sey, hat sie mit ihrem Unvermœgen, mit jeder Unvollkommenheit gekæmpft, und nach der Tugend empor gestrebt. O fluchet meinem Staube nicht, Kinder! Nein, dieß Leben ist kein Leben, ein unruhiger Traum, die aufkeimende Knospe zum Leben. Weichet, ihr Gebyrge, die meine Seele niederdryken! sterb ich, ja – – dann geh ich hinyber ins Leben, erwarte sie da, wie ein zærtlicher Vater, er ist am herrlichen Fryhlings-Morgen der erst' aus dem Schlummer erwachet, und wartet bey der Morgen-Sonne, bis seine Geliebten erwachen, und in seine Umarmungen eilen.« So dacht Adam, und izt kam ein sanfter Schlummer yber ihn, mit Erquikung und Ruhe.

Eva saß indeß die Hænde ringend an seiner Seite, weinte, und sprach, leise, daß sie den Schlummernden nicht weke: O was fyhl ich! Ja mich, mich dryke mit gedoppelter Last, gieß jeden Jammer gedoppelt yber mich aus, du Folge der Synde, du Fluch! Was fyr Schmerz, was fyr Elend ihr alle duldet, das kœmmt alles von mir her! Ach! jeder Schmerz, jedes Elend, das ihr duldet, nagt mich mit doppeltem Schmerz; ich habe die erste gesyndigt! Wenn du stirbst, – – ô wie erbeb ich! welch kalter Schauer! des Todes lezter Schauer, kann er schreklicher seyn? Wenn du durch meine Schuld stirbst, Adam! ô dann, wenn die leze Todes-Angst dich fasset, dann blike mich nicht mit zorniger Verachtung an, dann fluchet mir nicht, Kinder, fluchet mir Elendesten nicht! Zwar noch ist kein Vorwurf euern Lippen entrunnen; aber, ach! ist nicht jeder eurer Seufzer, jed' eurer Thrænen mir ein quælender Vorwurf? Allmæchtiger! hœr', ô hœre mein winselndes Flehen, rufe sie zuryk, diese Schmerzen, oder sind sie die Boten des Todes, soll sein Leib zur Erde zurykgehn, schrekliche Besorgniß! ô dann trenne mich nicht von ihm, laß mich mit ihm, an seiner Seite laß mich sterben, nihm meine Seele zuerst hin, daß ich sein Sterben nicht sehe, ich habe die erste gesyn-

digt!« Eva schwieg izt, und weinte untrœstlich an des Schlummernden Seite.

Kain war hinausgegangen auf sein Feld, die Thrænen auf seinen
Wangen waren vertroknet; da er hingieng, da sprach er: Ich mußte
weinen, bey dem Bette des Vaters, sein Seufzen und seine Rede
giengen mir durch die Seele. Doch – – er wird nicht sterben, das
hoff ich. O GOtt! laß den Geliebten nicht sterben! Ja weinen mußt
ich; wie mein Bruder konnt' ich nicht weinen, nein, So weibisch
konnt' ichs nicht. Wird man auch izt sagen, ich sey von rohem
Gemythe? Auch izt, Abel liebe den Vater mehr, weil ich nicht wie er
geschluchzt habe? Ich liebe den Vater, zærtlich wie er lieb ich ihn;
aber meinen Thrænen kann ich nicht befehlen zu strœmen.

Abel irrte voll Wehmuth auf seine Trift hin; noch flossen die
Thrænen von seinen Augen, und izt warf er sich auf die Erde, bykte
seine Stirne tief zu den Blumen des Thrænen-benezten Grases, und
betete so zu dem HErrn.

Sey in tiefester Demuth mir gelobet, der du mit unendlicher Gyte
und Weisheit der Sterblichen Schiksal leitest! ich unterwinde mich
aus unserm Jammer zu dir zu flehen, denn du hast dem Synder
erlaubt, zu dir aufzuweinen; diesen lindernden Trost im Elend hast
du uns erlaubt. Zwar, solltest du die Wege deiner Weisheit unter-
brechen, und den Wunsch des winselnden Wurmes hœren? Weise
und gut sind deine Wege, ô HErr! nur Trost und Stærkung im Elend
fleh ich von dir. Aber, steht es den Wegen deiner Weisheit nicht
entgegen, dann schenk uns – – ô dann schenk ihr den Mann; ihr, die
untrœstlich an seiner Seite weint, schenk ihr den, der Glyk und
Elend mit ihr theilte, und sein Leben mit ihrem Leben wie in eines
verflochte. Schenke den jammernden Kindern den theuern Vater,
verweise die Stunde seines Todes hinaus zu fernern Tagen. Dein
Wink, ô HErr, befehle; dann fliehen die tobenden Schmerzen, und
Freud' und Entzyken und stammelnder Dank steigt von den Hytten
der Sterblichen zu dir empor. Laß ihn længer unter uns wandeln,
der uns das Leben gab, længer noch unter uns deine unendliche
Gnade verkynden; længer noch unsre Sœhne und Tœchtern, seine
stammelnden Enkel, zu deinem Lob unterrichten! Aber, hat es deine
Weisheit verhængt, daß er sterbe – – ô verzeih es meinem Schmerz,
wenn die ohnmæchtige Zunge hier stammelt, und mein Innerstes

erbebet! Soll mein Vater sterben! – – ô dann steh' ihm bey, in der schauervollen Stunde, wenn der Staub hinsinkt! ô dann verzeih' unserm Winseln und unserm Schmerz, und sende Trost und Stærkung in unser Elend herab! verlass in unserm Schmerz uns nicht, halte du uns, daß wir im Jammer nicht erligen, und auch im Elend deine Weisheit loben.

So betet' Abel, in tiefester Demuth auf die Erde hingeworfen; da hœrt' er rauschen, und liebliche Fryhlings-Gerych' erfylleten die Gegend; er hube sein Haupt von der Erd empor, und einer der Schuz-Engel in himmlischer Schœnheit stand vor ihm; Rosen umkrænzten seine Stirne, sein Læcheln war lieblich, wie des Fryhlings Morgen-Roth; er sprach mit syß fliessender Stimme: Freund! der HErr hat dein Gebete vernommen, und da befahl er mir, in einen dichtern Cœrper mich zu hyllen, und Trost und Hylfe in euerm Jammer euch zu bringen. Die ewige Weisheit, die immer fyr das Wohl eines jeden Geschœpfes wachet, und fyr den kriechenden Wurm sorget, wie fyr den flammenden Engel; sie hat gytig der Erde befohlen, daß sie heilende Mittel aus ihrem Schoosse hervorblyhen lasse, ihren Bewohnern zum Troste, deren Leib izt den Schmerzen geœfnet ist, und allen den wiedrigen Einflyssen, die die Natur nach dem Fluch um ihn her ausdynstet, daß er der Verwesung entgegengehe. Sieh, Freund! nihm diese Blumen und Kræuter, sie sind von diesen heilenden Mitteln, geh hin, und koche sie in klarem Wasser aus der Quelle, und gieb dem leidenden Vater Gesundheit in dem Trank

Da gab der Engel ihm die Blumen und die Kræuter, und verschwand. Voll unaussprechlichen Entzykens stand Abel da. »O GOtt! so rief er, was bin ich? ich Synder im Staube, daß du so gnædig mein Flehen hœrest! Wie kann der Sterbliche dir danken? wie kann er wyrdig deine unendliche Gnade preisen? Das kann der Sterbliche nicht, ach das kann der Lob-Gesang des Engels nicht!« Schnell eilt' er, von Freude beflygelt zu seiner Hytte zuryk, und bereitete mit verlangender Ungeduld den heilenden Trank. Izt lief er in die Hytte des Vaters, wo Eva weinend an seinem Bette saß, und Thirza und Mehala standen traurig an ihrer Seite. Erstaunt sahen sie seine geschæftige Eile, die Freude in seinen Augen, und das Læcheln auf seinen Wangen. Da sprach er: Geliebte! lobet den HErrn, troknet die Thrænen der Trauer von euern Augen; der HErr hat unser Gebet erhœrt und hat geholfen. Mir ist ein Engel erschienen, als ich auf der Trift betete; er gab mir Kræuter von heilsamer Kraft. Koche sie in klarem Wasser, so befahl er, und gieb deinem Vater Gesundheit in dem Trank. Mit entzyktem Erstaunen hœrten sie die Rede, und Lob und Dank tœnte laut von ihren Lippen. Der Vater hatt' izt den wolriechenden Trank genommen, richtete in seinem Lager sich auf, und dankte mit inbrynstiger Andacht dem HErrn, und da nahm er des Sohnes Hand, drykte zærtlich sie an seine Wangen, nezte sie mit Thrænen und sprach: O Sohn, Sohn! Sey mir gesegnet! du, durch den der HErr mir Hylfe sendet, dessen reine Tugend dem HErrn gefællt, und dessen Gebett er so gnædig erhœret, sey mir gesegnet!« Auch Eva und ihre Tœchtern kamen und umarmten ihn, durch den der HErr geholfen hatte.

Als sie so ihn umarmten, da kam Kain vom Felde zuryk. »Aengstliche Besorgnisse quælen mich, so sprach er, ich will hinaufgehn zu der Hytte des Vaters; vielleicht daß man meiner Hylfe bedarf, vielleicht, ach! daß er stirbt, und ich Elender den lezten Segen nicht von seinen Lippen hœre!« Da eilt' er vom Felde zuryk; erstaunt sah er die Freud' und die zærtlichen Umarmungen, hœrt' es wie der Vater den Sohn segnete, und izt lief Mehala freudig zu ihm hin, umarmt' ihn und erzehlte, wie der HErr durch Abel ihnen geholfen habe. Da trat Kain zum Bette des Vaters, kyßt' ihm die Hand und sprach: »Sey mir gegryßt, mein Vater! gelobet sey der HErr, der dich uns wiederschenkt! Aber, ô Vater, hast du keinen Segen fyr mich? Ihn hast du gesegnet, durch den der HErr geholfen hat; segne mich, Vater, ich bin dein Erstgebohrner!« Adam sah zærtlich ihn an, drykte des Sohnes Hand in die seine, und sprach: »O Kain, Kain! sey mir gesegnet – – du erster aus meinen Lenden! Ueber dir sey die Gnade des HErrn! Friede sey immer in deinem Herzen, und ungestœrte Ruhe in deiner Seele!« Kain gieng izt zum Bruder, umarmt' ihn, (wie durft' er anderst, da alle voll zærtlichen Entzykens ihn umarmt hatten?) und izt gieng er aus der Hytte, schlich seitwærts sich in das Dunkel eines Gebysches, stand da melancholisch still, und sprach: – – Ruhe, ungestœrte Ruhe in der Seele – – wie kann das – – ich, ruhig seyn? – – Mußt' ich nicht den Segen erbitten, der ungebeten von den Lippen floß, da er den Bruder segnete? Zwar, ich bin der Erstgebohrne; schœner Vortheil! ich Elender! ich habe das erste Vorrecht auf Elend und Verachtung. Durch ihn hat der

HErr geholfen, ihm soll kein Mittel entstehen, ihn vor mir aus geliebter zu machen. Sollen sie mich achten, mich, den der HErr nicht achtet, und den die Engel nicht achten? Mir erscheinen sie nicht, mit Verachtung gehen sie neben mir voryber, wenn ich auf dem Felde meine Glieder myd' arbeite, und der Schweiß von meinem braunen Angesicht fließt, dann gehen sie mit Verachtung voryber, ihn zu suchen, der mit zarten Hænden in Blumen tændelt, oder bey den Schaafen myssig steht, oder aus dem Ueberfluß seiner Zærtlichkeit einige Thrænen weint, weil dort, wo die Sonne untergeht die Wolken izt roth sind, oder weil der Thau auf bunten Blumen flimmert. Weh mir, daß ich der Erstgeborne bin; denn wie es scheint, so sollte der Fluch allein, oder doch seine grœsseste Last nur den betreffen. Ihm læchelt die ganze Natur; ich nur esse mein Brod myd im Schweisse des Angesichts, ich nur bin elend.« So irrt' er in schwarzen melancholischen Betrachtungen im Gebysche.

Die Sonne gieng hinter das Lazur-blaue Gebyrge, und streute das Abend-Roth in die glyhenden Wolken und yber die Gegend hin; da sprach Adam: Die Sonne geht hinter die Gebyrge, ich will hinausgehn, ins gryne Gelænder vor der Hytte, ich will hinausgehn, noch ehe der Tag sich endet, und den HErrn loben, der mir geholfen hat. Und izt stand er von seinem Lager auf, jugendliche Stærke war in seine Glieder zurykgekommen, und Eva und ihre Tœchtern begleiteten ihn in das Gelænder vor der Hytte. Herrlich læchelte die Abend-Sonne yber die Gegend; und Adam kniete hin, ybersah mit entzyktem Auge die sanft-erleuchtete Gegend, und sprach mit Ehrfurcht-voller yberstrœmender Andacht: Hier, Allmæchtiger! hier lig ich wieder vor deinem Angesicht, und preise deine unendliche Gyte! Wo seyd ihr, ihr Schmerzen? Ihr habt meine Gebeine durchwyhlet, ihr habt wie Feuer mein Innerstes gesenget; aber meine Seele hub in dem Tumult sich empor, und hoft auf den HErrn; da hœrte der HErr unser Gebett, und blikte vom Himmel herab, und da tobeten die Schmerzen nicht mehr, und Munterkeit und Stærke kamen in meine Gebeine zuryk; noch sollte der Tod meinen Staub nicht hinnehmen, noch soll ich im sterblichen Leibe dich loben, noch mehr Wunder deiner unendlichen Gnad' erfahren, die du dem Menschen im Staub erweisest. O ich will dich loben Unendlicher! wenn der Morgen-Thau fællt, bis der Mond hervorgeht. Aus dieser Hylle von Staub soll meine Seele Lob und Dank dir stammeln, bis sie dahinfællt, die Hylle, dann, ô unendlich Gytiger! dann soll sie triumphierend yber dem Staube schweben, die Seele des Synders, und Leben und deine Herrlichkeit sehn. Ihr flammenden Engel, sehet herab, in die Wohnung des Synders, herab in des Todes Wohnung. Diese Erde, (ihre Berge wankten und ihr Fryhling verdarb, da als der Synder fiel, da als ihr euer Angesicht von uns wandtet,) sie ist, sie ist der Schauplaz der Wunder seiner unendlichen Gyte; sehet herab, und lobet sie wyrdiger, in heiligem Erstaunen; der Mensch, ach! er kann sein Erstaunen nur weinen, nur stammeln! sey du mir wieder gegrysst, liebliche Sonne, noch ehe du heruntergehst, sey mir gegrysst! dein Morgenstral glænzte hinter den Cedern herauf, da lag ich winselnd in Schmerzen; da er erhellend in meine Hytte kam, da gryßt ich ihn mit Seufzen; dein Abend-Stral glænzt hinter den Bergen herauf, und hingekniet dank' ich dem HErrn, der mir geholfen hat, noch eh du heruntergiengest, mir geholfen hat. Seyd mir gegrysst, ihr hohen Berge, ihr Hygel, auf den Fluren zerstreut, seyd mir gegrysst; noch soll mein Aug euch im Morgen- und Abend-Roth glyhen sehn. Euch gryß' ich lobsingende Vœgel, noch soll euer Gesang mein Ohr erquiken, und fryh zum Lobe mich aufweken. Ihr rieselnden Quellen, seyd mir gegrysst, noch sollen meine Glieder an euern blumigten Ufern ruhen, wenn euer sanftes Geræusch den erquikenden Schlummer lokt. Und ihr, ihr Haine, ihr Gebysche, ihr Lauben, in euerm Schatten werd' ich wieder wandeln, wenn ich in ernsten Betrachtungen einsam dahergeh, dann soll eure Kyhlung noch auf meinem Haupt sich ausgiessen. O sey mir gegrysst, du ganze schœne Natur! der HErr, der HErr sey gelobet; er hat die Schmerzen zurykgerufen, und hielt meinen Staub, daß er nicht hinsank.

So lobete der Vater der Menschen den HErrn; die stille Natur schien sein Gebete zu feyern, und die Geschœpfe gryßten ihn ins Leben zuryk. Lieblich schoß die Sonne noch ihre lezten Stralen durch sein Gelænder, und sank izt hinter den Berg; die Blumen gaben den jungen Winden Geryche, daß sie ihn umdyfteten; und die Vœgel sangen lieblich um ihn her, und schlypften durch die Ranken. Izt kamen Kain und Abel ins Gelænder, und sahen mit frohem Entzyken den wiedergeschenkten Vater. Er stand von seinem Gebett auf, umarmte sein Weib und seine Kinder, Freuden-Thrænen entflossen ihren Augen, und izt gieng er in seine Hytte zuryk. Da sprach Abel zu Kain: Geliebter! wie wollen wir dem HErren danken, daß er unser Flehen erhœrt hat, und uns den theuern Vater schenkt? Ich will hinausgehn zu meinem Altar, izt da der Mond dahergeht, und will das jyngste Lamm aus meinen Læmmern dem HErren opfern. Willst du, Geliebter! auch zu deinem Altar gehn, und dem HErren opfern?

Kain sah seitwærts ihn an, und sprach. Ich will auch zu meinem Altar gehn, und dem HErrn opfern, was die Armuth des Feldes mir giebt. Freundlich antwortet ihm Abel: Geliebter! der HErr achtet wenig auf das Lamm, das vor ihm brennet, wenig auf die Frychte des Feldes, die die Flamme verzehret; flammet nur reine Andacht im Herzen dessen, der opfert.

Da erwiederte Kain: Zwar schnell wird Feuer vom Himmel fallen, und dein Opfer verzehren, denn durch dich hat der HErr Hylfe gesendet, mich hat er nicht gewyrdigt. Aber, ich will hingehn und opfern. Wahrer Dank lodert in meinem Busen, der wiedergeschenkte Vater ist mir theuer wie dir. Der HErr handle mit mir Elenden nach seinem Wohlgefallen!

Izt fiel Abel zærtlich seinem Bruder um den Hals und sprach: Ach mein Bruder! Sollte Gram in deinen Busen sich sezen, weil der HErr durch mich geholfen hat? Hat er gnædig durch mich geholfen, so hat er doch allen geholfen. O Geliebter! bekæmpfe den Gram; der HErr, der unser Innerstes sieht, er sieht den unbillichen Gram, und vernihmt dein leisestes Murren. Liebe mich wie ich dich liebe! geh und opfre; aber ô laß nichts, keine unreine Leidenschaft deine Andacht befleken! dann wird der HErr gnædig dein Lob und deinen Dank annehmen, und von seinem Thron dich segnen.

Kain antwortet' ihm nicht, und gieng weg auf sein Feld: sein Bruder sah ihm bekymmert nach; und da gieng er auf seine Trift, jeder zu seinem Altar. Abel schlachtete das schœnste von seinen jungen Læmmern, legt' es yber den Altar, yberstreut' es mit wolriechenden Gestræuchen und Blumen, und entzyndete das Opfer. Da kniet' er voll heiliger Andacht vor dem Altar hin, und opferte aus reinem Herzen dem HErren Lob und Dank; indeß loderte die Opfer-Flamme hoch in die Nacht empor, der HErr hatte den Winden befohlen zu ruhen, und der Gegend still zu feyern, denn das Opfer war ihm angenehm..

Kain legte von den Frychten des Feldes auf seinen Altar, entzyndete sein Opfer, und kniete in die Nacht hin; schnell tœnte ein ængstliches Rauschen durch die Gebysche, und ein Wirbel-Wind heulte daher, verwehete das Opfer, und umhyllete den Elenden mit Flammen und Rauch. Er bebte vom Altar zuryk; und izt kam eine schrekliche Stimme aus dem schauervollen Dunkel der Nacht; sie sprach: Warum erbebest du, und warum ist Entsezen auf deinem Angesicht? Wirst du dich bessern, dann will ich deine Synde dir vergeben; besserst du dich nicht, dann werden die anklagende Synd' und ihre Strafe vor deiner Hytte wohnen. Was hæssest du deinen Bruder; warum verfolgest du den Gerechten, der dich lieb hat, und als den Erstgebohrnen dich ehrt? Izt schwieg die Stimme, und Kain bebte schauernd vom Altar weg, und gieng durch die Nacht zuryk; der tobende Wind jagt' ihm den stinkenden Opfer-Rauch nach. Sein Herz erbebte, und kalter Schweiß rann von seinen Gliedern. Da sah er zur Seite, fern yber dem Feld hin, die Opfer-Flamme seines Bruders mit sanftem Wallen hoch in die Nacht aufsteigen; er wandte sein Gesicht voll Verzweiflung weg; und da sprachen seine bebenden Lippen: Dort – – dort opfert der Liebling! ha, ich kann den Anblik nicht ausstehn! blikt ich noch einmal hin, die Hœlle sizt in mir, dann wyrd ich – – ich wyrde von bebenden Lippen ihm fluchen. Verwesung! Tod! wo muß ich euch finden? kommt yber mich, yber mich Elenden! O Vater, Vater! daß du gesyndigt hast! Soll ich gehn, vor dein Aug mich stellen, mit dieser blassen Verzweiflung im Angesicht, daß du mein æusserstes Elend sehest, das Elend deines Saamens ganz fyhlest? Nein, sey elend; aber ræche dich am Vater nicht! im kalten Entsezen wyrd er dahinsinken, dann wyrde der Anblik meinen Jammer mehren. Ja! auf mir ruhet der Zorn des HErrn, Fluch, Verachtung! ich bin das elendeste Geschœpf, das diese Erde bewohnet; die Thiere des Feldes, der kriechende Wurm sind mir beneidens werth. O GOtt! Erbarmer! woferne du, gerechter GOtt, mein Erbarmer seyn kannst! giesse von deinem Zorn nicht mehr yber mich aus, oder, ô laß mich vergehen! – – Aber – – du verruchter Elender! wenn du dich besserst, dann will er deine Synde vergeben! wehle Vergebung oder Elend, unaussprechliches ewiges Elend! Ja, ich habe gesyndigt; ja, sie steigen yber meinem Haupt empor, meine Missethaten, und fodern Rache von dir, du Gerechter! Wie gerecht ist deine Rache! je weiter von Vollkommenheit und vom Guten, je elender! drum bin ich so elend. O ich will auf meinen

verkehrten Wegen zurykgehn! laß vor deinem Angesicht sie verschwinden, diese schwarzen Missethaten, die mich anklagen! Erbarme dich, GOtt! erbarme dich, lindre mein Elend, oder – – ver-
nichte mich!

DER
TOD ABELS.

VIERTER GESANG.

NOch sank der næchtliche Thau, noch schwiegen die schlummernden Vœgel, noch ruhete Nacht im Thal, und blasse Dæmmerung auf
den Stirnen der Berge; da gieng Kain schon aus seiner Hytte melancholisch daher. Mehala hatte in den næchtlichen Stunden, unbewußt, daß er sie behorcht, yber ihn geweint, und mit gerungenen
Hænden fyr ihn gebetet. Da gieng er aus der Hytte und murmelte
so vor sich her. (Seine Stimme tœnte in der einsamen stummen
Morgen-Dæmmrung, wie ein ferner Donner.)»Hæßliche Nacht! was
fyr schwarze Bilder schwebten um mich her! Schreken auf Schreken. Doch hætte da meine Einbildungs-Kraft geruhet, die Træume
waren verschwunden, ruhig hætt' ich geschlummert, da hat ihr
Schluchzen, ihr Jammern mich gewekt. Ha! muß ich denn nur zum
Jammer erwachen? Muß er mir denn auch nicht eine Stunde der
Ruhe ybrig lassen? Was weinte sie? Ueber mich; und doch weiß sie
das verworfne Opfer nicht. O dieß Weinen, dieß Seufzen yber mich,
dieß Winseln! ich konnt' es nicht ertragen; es hat mir izt schon die
Ruhe des ganzen kommenden Tages geraubt! Beyfallendes Læcheln
begleitet immer jede, auch die niedrigste That meines Bruders,
wenn melancholische Trauer mich aller Orten verfolget. Mehala! ich
liebe dich, wie mich selbst lieb ich dich; ô warum must du die wenigen Stunden meiner Ruhe mir verbittern?

Izt stand er unter dem von einem Felsen yberhangenden Busch.
O hier, hier versage mir deine Hylfe, deine Erquikung nicht, sysser
Schlaf! So sprach er; wie bin ich unglyklich! Entkræftet sucht ich
dich in meiner Hytte, und kaum hast du deine sanften Flygel yber
mich gedekt, so mußte die Stimme des Wehklagens mich weken.
Hier, hier doch wird niemand mich stœren, es sey denn, daß selbst
die leblose Natur mich bis in die Stunden der Ruhe verfolgt.
Vergœnn es mir, Erde, die du in deinem zu strengen Fluch zu ermydende Arbeit foderst, um länger zu leben, oder länger elend zu
seyn, – – von dieser Arbeit wenige die glyklichsten Augenblike zu
ruhen, wirst du doch vergœnnen! so sprach er, und legte sich aufs

duftende Gras. Nicht lange, so breitete der Schlaf seine dunkeln Flygel yber ihn aus.

Anamelech hatte seinen einsamen Fußtritt verfolgt, und stand izt neben ihm. Tiefer Schlaf hat yber seine Augen sich ausgebreitet, so sprach er, und izt will ich an seine Seite mich legen, und mein Vorhaben befœdernde Træume in seiner Einbildungs-Kraft schildern. Wiz und du, Einbildungs-Kraft, stehet izt in eurer ganzen Stærke mir bey; sucht jedes Bild auf, das hilft, den nagenden Neid, wytenden Zorn, und jede quælende Leidenschaft zum schreklich tobenden Tumult in seiner Seele aufzudonnern!« so sprach der Verworfne, und schmiegte sich an seiner Seite hin. Als er sich hinlegte, da gieng ein wildes Geræusche durch die Wipfel, und ein bryllender Wind durchwyhlte die Gebysche, und schlug die Haarloken um Kains Stirn und Wangen. Aber umsonst heulten die Gebysche, umsonst schlugen seine Loken Stirn und Wangen, der Schlaf hatte zu schwer auf seine Augen sich geleget.

Der Træumende sah izt ein weit ausgebreitetes Feld mit einsamen Hytten bedekt, wo einfæltige Armuth wohnte; und seine Sœhne und ihre Kinder, auf dem Felde zerstreut, achteten die mittægliche Sonne nicht, die ihre brennenden Stralen auf ihre braunen Naken hinstreute; mit ermydender Arbeit sammelten sie theils ihre Armuth, oder umgruben die rauhe Erde zur neuen Saat, oder gebykt, mit wunden Hænden rissen sie das dornigte Unkraut aus, das um ihre Feld-Frychte sich schlang, und heißhungrig ihnen die næhrenden Sæfte stahl; indeß daß ihre Weiber in den Hytten die Armuth der Wirthschaft, und die ybel bestellte Tafel besorgten. Eliel, der erste von seinen Sœhnen, (der Træumende kannte sein Gesicht und seine Geberde) hub æchzend eine schwere Last von dem Feld auf die Schulter; Schweiß floß vom braunen Gesicht, und Unmuth saß auf der Stirne. Wie elend ist dieß Leben! so klagt' er unter der Last hervor, wie voll Myhe und Beschwerden! Wie schwer ligt der Fluch auf Kains Sœhnen! Hat der, der diese Erde schuf, nach dem Fluch sie ganz aus seinem Auge verbannt? Oder sollte vielleicht der Fluch nur des Erstgebornen Kinder treffen? Dort in jenen Gefilden, die Abels Sœhne bewohnen; (sie haben aus jenen Gegenden uns verdrængt, und uns in Wildnissen zu wohnen erlaubt;) dort, wo sie im wollystigen Schatten wohnen, scheint die ganze Natur jede ihrer Schœnheiten nur ihrer weichlichen Trægheit zu weihn; jeder Trost des elenden Lebens, jede sanfte Erquikung ist zu jenen Wollystigen hinybergegangen; nur Armuth und Arbeit ist bey uns Elenden geblieben. Izt wankt' Eliel mit der Last auf der Schulter seiner Hytte zu. Der Træumende sah izt jenseit des Feldes eine blumigte Flur, klare Quellen schlængelten sich in muthwillig windendem Lauf durch dunkle Schatten gewœlbter Gebysche; oft rieselten sie bey grynen Lauben vorbey, oft zwischen langen Reihen von Bæumen; in ihren glatten Fluten spiegelten sich Blyten und Frychte in manigfaltigem Glanz; oft sammelten in blumigten Ufern sie sich zum stillen beschatteten Teich; dort im zitternden Citronen-Hain spielten kyhlende Winde, und dort spreitet' ein Feigen-Hain den breiten Schatten auf Blumen aus. So schœn war Tempe nicht, auch Gnidus nicht, wo auf glænzenden Sæulen der Venus-Tempel stand, denn da hat die gefabelte Gœttin mit ihrem ganzen Gefolge geherrscht. Schneeweisse Herden irrten im hohen Gras, und mæhten die duftenden Blumen weg, indeß daß der zarte Hirt mit Blumen bekrænzt dem liebæugelnden Mædchen, das halb im Schatten ligt, ein sanftes Lied singt. Dort sammelten sie sich in einer hochwœlbenden Laube, Jynglinge und Mædchen, wie Liebes-Gœtter schœn, schœn wie die Gratien. Da styrzten die syssen Getrænke tief in die Trink-Schale hinunter, und goldne Frychte glyheten auf Blumenbestreuter Tafel; indeß tœnten liebliche Gesænge und sanftklingende Saiten und Flœten weit umher. Aus ihrer Mitte stund izt ein Jyngling auf. Seyd mir gesegnet, Geliebte! So sprach er, seyd mir gesegnet, und wendet euer Ohr izt mir zu. Zwar lachet uns die Natur, und hat jede ihrer Schœnheiten um unsre Wohnung gesammelt; doch fodert sie Pflege und Arbeit; zu ermydende Arbeit fyr uns, die sanftern Geschæften uns wiedmen. Der Hand ist es schmerzlich das Feld zu bauen, die gewœhnt ist, die sanften Saiten der Harfe zu ryhren; schwer dem zartlokigten Haupt, der Sonne Hize zu fyhlen, das sonst, mit Rosen bekrænzt, im kyhlen Schatten ruht. Geliebte! ich will euch Gedanken vertrauen; ich glaube, mir hat sie ein Schuz-Engel geflystert. Laßt uns, wenn das Dunkel der Nacht da ist, auf jenes Feld hinausgehn, wo die Aker-Leute wohnen, und wenn sie, von des Tages Arbeit myd, in hartem Schlaf ligen, in ihren Hytten sie yberfallen, und binden, und dann gefangen in unsre Wohnungen fyhren, daß die Mænner fyr uns dienstbar die Arbeit des Feldes verrichten, und ihre Weiber und ihre Tœchter euch, holde Mædchen, in euern Kammern dienen. Aber des Nachts! zwar sind wir an Anzahl ihnen

yberlegen, aber besser doch, wenn wir gefæhrliche Gefechte ver-
meiden. So sprach der Jyngling, und die beyfallende Schaar
klatscht' ihm freudig zu. Izt sah der Træumende das Dunkel der
Nacht, und hœrte das Geschrey des Schrekens und des Jammers
und des Triumphs, gemischt von den Hytten her, die entzyndet
hoch empor flammeten; weit umher glyhete da die Nacht, und ferne
Wellen blizeten ums errœthende Ufer. Bey der Flamme sah er seine
gebundenen Sœhne, und ihre Weiber und ihre Kinder, wie eine
bryllende Herde, vor Abels Sœhnen dahergehn.

So træumte Kain und bebte im Schlaf, als Abel, der in dem vom
Felsen hangenden Busch ihn gefunden hatte, vor ihm stand; er sah
mit Augen voll Lieb' auf ihn hin, und sprach mit sanft flysternder
Stimme: O daß du bald erwachtest, Bruder, daß mein liebevolles
Herz seine Empfindungen dir sagen, daß meine Arme dich um-
schlingen kœnnten! Aber still mein Verlangen, still ihr Winde im
Gebysche, singet nicht zu nahe ihr Vœgel, daß die erquikende Ruh
ihn nicht verlasse, wenn seine myden Glieder vielleicht noch ihres
Einflusses bedœrfen! Aber – – wie er blaß da ligt – – unruhig – –
Zorn sizt auf seiner Stirne. Warum beunruhigt ihr ihn?
ô schrekende Træume! Laßt seine Seele in Ruhe; Kommt ihr angenehme Bilder, von sanften hæuslichen Geschæften und zærtlicher
Umarmung, und allem was schœn ist in der Seele, und lachend in
der ganzen Natur; erfyllet seine Einbildungs-Kraft mit Heiterkeit
und Wonne, wie einen Fryhlings-Tag; daß Freude auf seiner Stirne
lache, und wenn er erwachet, Lob-Gesænge von seinen Lippen fliegen. Als er so sprach, sah er mit Augen voll zærtlicher Liebe und
mit bangem Erwarten auf seinen Bruder.

Wie ein zottigter Lœwe, der an einem Felsen im Schatten schlæft,
(der bange Wandrer geht leise weit neben ihm voryber, denn Ge-
fahr drohet aus der Mæhne hervor, die des Schlafenden Stirne
dekt,) wie der, wenn er plœzlich die tiefe Wunde des schnell fliegenden Pfeiles in seiner Hyft empfindet, mit tobendem Gebryll
schnell aufspringt, und wytend seinen Feind sucht, und ein un-
schuldiges Kind zerreißt, das nicht weit mit Blumen im Grase spielt;
eben so sprang Kain plœzlich vom Schlaf auf; schæumend; vor seiner Stirne saß tobende Wuth, wie ein schwarzes Gewitter, er
stampfte wider die Erde; »Oefne dich, Erde! so rief er, und verschlinge mich, verschlinge mich tief in den Abgrund! ich bin elend,

und, ô! schrekliches Gesicht! meine Kinder sind elend! Doch, du wirst dich nicht œfnen, vergebens fleh ich; Er, der allmæchtige Ræcher wird dirs verbieten; Ich muß elend seyn, das will er, und mit allen Schreknissen mich zu verfolgen, zieht er den Vorhang weg, und læßt mich in die Hœlle der Zukunft hinaussehn. Verflucht, verflucht sey jene Stunde, da meine Mutter das erste mal mit Schmerzen gebahr! Verflucht die Stætte, wo sie in Geburts-Schmerzen dahinsank! Was yber ihr steht verderbe; und der da pflanzen will, der habe die Myhe und den zerstreuten Saamen verloren! und wer voryber geht, dem soll ein Schreken durch die Gebeine beben.

So fluchte der Elende, als Abel, blaß wie in der Todesstunde, mit wankendem Schritt næher tratt; Geliebter! so stammelt' er, aber nein – – ô! – – ich bebe – – einer der verworfnen Empœrer, die GOttes Donner vom Himmel styrzte, trægt triegend seine Gestalt und læstert! – – wo ist mein Bruder? Ach! ich entfliehe! wo bist du, mein Bruder, daß ich dich segne?

Hier ist er! so donnerte Kain, hier! du læchelnder, Freudenthrænender Liebling des Ræchers und der ganzen Natur, du, dessen Nater-Gezycht einst allein in der Welt glyklich seyn wird! allein – – und warum nicht? Billich mußte die Mutter einen gebæhren, der der gesegneten Schaar dienstbare Aufwærter erzeugte; Last-Thiere, damit die gesegnete Schaar die der Wollust gewiedmeten Kræfte nicht durch harte Arbeit verzehrte! Ha! eine Hœlle lodert in meinem Busen, mit allen ihren Qualen!

Kain! mein Bruder! sprach Abel, banges Erstaunen und zærtliche Liebe sassen in seinem Gesichte, was fyr ein hæßlicher Traum hat dich getæuscht? Geliebter! ich kam mit dem Morgen-Roth dich zu suchen, dich zu umarmen, mit dem kommenden Tage dich zu segnen; Aber, ô was fyr ein Gewitter tobet um dich her! wie unfreundlich empfængst du meine zærtliche Liebe! Wenn – – ach! wenn werden einst die seligen Tage, die Tage voll Wonne heraufgehn, da Friede unter uns ist, und harmlose ungestœhrte Liebe die sanfte Ruh in der Seele und jede læchelnde Freude wieder aufblyhen læßt; jene Tage, denen der bekymmerte Vater so sehnlich entgegenseufzet, und die zærtliche Mutter? O Kain, Kain! wie tritst du wytend die Freuden zu Boden, mit denen du da uns betrogest, da als ich entzykt in deiner Umarmung weinte! Hab ich dich beleidigt, mein Bruder! unwissend dich beleidigt, – dann – bey allem was heilig ist, beschwœr ich dich, tritt aus dem tobenden Gewitter hervor, verzeihe mir, und laß mich dich umarmen!»so sprach Abel, trat næher, und wollte flehend des Bruders Knie umfassen; aber Kain sprang zuryk, – – Ha Schlange. – – du willst mich umwinden!« so rief er, hub wytend den Arm, und schwang die Keule durch die heulende Luft auf Abels Haupt; der Unschuldige sank vor ihm hin, mit zerschmettertem Schedel, blikt mit Verzeihung im starrenden Auge noch einmal ihn an, und starb; sein Blut floß durch die goldnen Loken an des Mœrders Fysse.

Kain stand in betæubendem Schreken todblaß, kalter Schweiß umfloß die bebenden Glieder; er sah des Erschlagenen lezte krampfigte Bewegung, und das rinnende, zu ihm aufrauchende Blut. Verfluchter Schlag! rief er, Bruder! – erwache – – erwache Bruder! Wie blaß ist sein Gesicht! wie starr sein Auge! wie das Blut um sein Haupt hinfließt! – – Ich Elender! – – ô was ahnt mir! – – Hœllische Schreken! so bryllt er, und warf wytend die Blut-besprizte Keule weit weg, und schlug die starke Faust wider seine Stirne. Izt wankt' er zum Erschlagnen hin, und wollt' ihn von der Erd' aufheben; Abel! – – Bruder! – – erwache! Ha! – – Hœllen-Angst faßt mich! wie sein Blut-triefelndes Haupt hængt! wie ohnmæchtig! – – Tod – – ô Hœllen-Angst, er ist todt! Ich will fliehen! Eilet wankende Knie!« so bryllt er, und floh ins nahe Gebysche.

Triumphierend stand der Verfyhrer izt yber dem Erschlagenen, in frolokendem Stolz bæumt er sich hoch auf; hoch und fyrchterlich, so fyrchterlich hebt sich die schwarze Sæule von Rauch hoch yber den Aschen-Haufe der einsamen Hytte, deren Bewohner auf dem Felde ruhig arbeiteten; indeß daß die Flamme jede hæußliche Bequemlichkeit, ihren ganzen Reichthum verzehrte. So stand Anamelech, und sah mit hœllischem Læcheln dem Fliehenden nach und dann auf die Leiche hin, und izt rief er: »Ha! sysser Anblik, sey mir gegryßt! sey mir gegryßt, du erstes Blut des Synders, das die Erde verschlingt! so vergnygt hab ich, eh es dem Donnerer gelang, uns aus dem Himmel zu styrzen, die heiligen Quellen nie rieseln gesehn; so lieblich haben mir die Tœne der Harfen Lob-singender Erzengel nie getœnt, wie dieß Rœcheln, dieß lezte Seufzen des Sterbenden mir getœnt hat. Du erhabener Bewohner der neuen Schœpfung, du herrliches leztes Meisterstyk aus des schaffenden Hand; wie læcherlich du da ligst! Steh auf, schœner Jyngling, Freund der Engel! steh auf, sey nicht so træg im sclavischen Dienste des Anbetens und des Hinkniens! Aber, er regt sich nicht, sein eigener Bruder hat so unsanft ihn hingelegt. So will ich durch Thaten aus der Dunkelheit mich empor schwingen, durch Thaten, die Satan selbst beneiden soll. – – Ich geh izt hin, vor die Thronen der Hœlle; wie syß wird das zurufende Lob mir tœnen! wenn es in den Gewœlben der Hœlle wiederhallt, dann geh ich triumphierend unter den Schaaren der Elenden einher, die noch kein Unternehmen geadelt hat.« Noch einmal wollt' er in stolzem Triumph auf den Erschlagenen niedersehn; aber der Verzweiflung hæßliche Zyge zerrissen schnell das werdende hœnische Læcheln, und den Stolz auf der Stirne. Der HErr befahl den Schreken der Hœlle, yber ihn zu kommen; und ein Meer von Qualen styrzte sich auf ihn. Da flucht er der Stunde, in der er ward, fluchte der qualvollen Ewigkeit, und floh.

Das Rœcheln des Sterbenden und sein leztes Seufzen waren izt empor gestiegen vor den Thron des Allgegenwærtigen, und foderten von der ewigen Gerechtigkeit Rache; es donnerte aus dem Allerheiligsten, und da schwiegen die goldnen Harfen, und das ewige Halleluja; und der Donner wiederhallete drey mal durch des Himmels hohe Gewœlbe; izt schwieg der Donner, und die Stimme des Hœchsten gieng aus dem silbernen Gewœlke, das den Thron umfließt, und nannte einen der Erzengel. Er trat hervor, sein Gesicht mit dem Glanze der Flygel umhyllet. so sprach GOtt: »Der Tod hat seine erste Beute bey den Sterblichen genommen, und izt weih ich dich zum heiligen Geschæfte, daß du sie alle sammelst, die Seelen der Gerechten. Ich selbst, ich habe zu Abels Seele geredet, da er hinsank; fyrhin sollst du dem Gerechten, den kalter Todes-Schweiß umfließt, zur Seite stehen, daß du, wenn des Sterbenden Stimm' izt bricht, wenn die lezte Todes-Angst ihn fasset, die Versicherung ewiger Seligkeit zu der ringenden Seele dann redest, daß er noch ein mal mit Augen voll Seligkeit umhersieht, und stirbt. Geh izt in die Wohnung der Sterblichen, der Seele des vom Bruder Erschlagenen entgegen; und du, Michaël, begleite seinen Flug, und rede dem Bruder-Mœrder den Fluch. »Der HErr redete nicht mehr, und der Donner wiederhallete drey male durch des Himmels hohe Gewœlbe. Izt rauschten die Erzengel durch die still feyernden Heere, und eilten mit fallendem Fluge von den schnell geœfneten Pforten des Himmels, unzæhlbare Sonnen und Welten vorbey, tief hinunter zur Erde.

Der Todes-Engel rief izt Abels Seele aus ihrer blutenden Hylle; himmlisch læchelnd trat sie hervor, die geistigsten Theile des Cœrpers flossen ihr nach, und mit balsamischen Dyften vermischet, die sanfte Winde den Blumen raubten, die rings umher im hinstralenden Glanze des Engels aufblyheten, umflossen sie die Seele, und bildeten sich zum ætherischen Cœrper. Izt sah sie voll nie empfundenen Entzykens den wartenden Engel.

Mit himmlischer Freundlichkeit trat er næher, und sprach: sey mir willkommen aus deiner Hylle von Staub! umarme mich; Heil mir! Ich bin der erste, der dich in die Seligkeit bewillkommet, Myriaden erwarten Dich. Heil dir, du Gerechter! ewige Wonne, unaussprechliche Seligkeit, Anschauen GOttes, dir, zum Lohn der Tugend. O sey mir willkommen! umarme mich, du erster, der aus der Hylle des Staubes selig hervorgeht.

Ich umarme dich, himmlischer Freund! ich umarme dich! sprach die Seele, und izt schwieg sie, vom verstummenden Gefyhl ihrer Seligkeit durchstrœmt. »O wie bin ich selig! – – so rief sie izt, wenn meine Seele im Staub, wenn sie bey næchtlichem einsamen Mond-Schein in sich gehyllt, GOttes Allgegenwart fyhlte, die Schœnheit der Tugend ganz fyhlte, und voll Seligkeit weinte, wars die dystre Dæmmerung der Seligkeit, die ich izt empfinde. O schon empfind ich sie hœher die Freuden der Tugend, schon fyhl' ichs næher, das Unaussprechliche der Allgegenwart GOttes! Was fyr Gedanken steigen in mir empor? – – Lieblich wie Fryhlinge, hell und glænzend wie Sonnen! Freund! Freund! ich umarme dich! unendliche Ewigkeit ist mein, ihn mit unermydeten Lippen zu preisen, der den ewig mit unaussprechlichem Glyke lohnt, der das liebte, was schœn und gut ist.

So sprachen die Seligen, und zerflossen in zærtlicher Umarmung. »Folge, mein Freund! so sprach der Engel, folge meinem leitenden Flug; verlaß die Erde; was dir das liebste zurykbleibt, die Sterblichen, die tugendhaft sind, die folgen dir nach, wenige Jahre fliegen yber ihr Haupt hin, dann folgen sie dir nach. Schwinge dich empor zur Umarmung der seligen Freunde, empor zum ewigen Lob-Gesang.

Ich folge deinem Flug, ewiger Freund! antwortete die Seele; ô was fyr Wonne, was fyr Heil! Seyd mir gesegnet, Geliebte, die ich im Staub euch zuryklasse! Wenn einst die Jahre euers Lebens yber euer Haupt dahin sind, wenn die Stunde des Todes izt da ist, wenn du, Freund! dann den Sterbenden entgegen gehest, dann, ô dann geh ich hervor, zum Thron hin, und flehe daß mir vergœnnt sey, deinem Flug zu folgen; daß ich voll unaussprechlichen Entzykens sehe, wie ihre Seelen in die Seligkeit aus dem Staube hervorgehn. Dich, Thirza! Geliebteste! dich seh ich dann auch, wenn du lange yber meinen Gebeinen wirst geweint haben; wenn das noch stammelnde Kind durch deine Fyhrung so tugendhaft seyn wird wie du, dann werd ich auch dich sterben sehn; wie selig, wenn du dann aus dem erstarrenden Leib in meine Umarmungen fliegest!

So sprach Abel, indeß daß sie von der Erde empor schwebten; er segnete noch einmal zu den Hytten hin, sein irrender Blik fand seinen Bruder, Verzweiflung des hæßlichen Lasters saß in seiner Mine. Er schlug die Hænde yber seinem Haupt zusammen, und sah mit wildem Blik empor; izt schlug er die starke Faust an seine tiefathmende Brust, warf in ængstlicher Verzweiflung im Gebysche sich hin, und welzte sich im Staub. Mitleidige Thrænen flossen von des Seligen Aug; izt wich sein wehmythiger Blik von der schrekenden Scene, und ruhete in der Schaar begleitender Engel. Die Schuz-Engel der Gegend begleiteten bis yber den Dunst-Kreis der Erde frolokend ihren steigenden Flug. Hier umarmten sie noch die reisenden Himmlischen voll seliger Liebe; dann blieben sie auf einer rosenfarben Wolke, und begleiteten ihren Flug mit Lob-Gesængen durch den Aether. Der liebliche Gesang der Flœte und die silbernen Saiten der Harfen mischeten in Chœren sich in ihr Lied. So sangen mit antwortendem Gesang die Beschyzer der Gegend.

Dort schwebt er empor, der neue Himmlische schwebt dort empor! schœn – – so schœn ist der Fryhling, wenn er zur Erde kœmmt, und heitre Wonn und jede læchelnde Entzykung ihn umschweben. Jauchzet ihm zu, ins Ungemeßne hingesæete Sterne, jauchzet ihr zu, eurer Gespielin der Erde. Hat sie nicht festlich sich geschmykt? sie die zwar im Fluche ligt, aber doch Himmlische in ihrem Staube næhrt. Wie sie unter uns empor glænzt! Ein frischeres Gryn læchelt von den Fluren, heller glyhen die Hygel.

Dort schwebt er empor, der neue Himmlische schwebt dort empor. Lobsingende Schaaren stehn an den Pforten des Himmels, und sehen ihm entgegen, dem ersten, der der Erd' entsteigt, umarmen ihn und krænzen ihn mit ewig blyhenden Rosen. O wie selig wird er seyn, wenn er in den Fluren des Himmels einhergeht, wenn er in der aromatischen Dæmmrung ewig grynender Lauben in Chœre sich mischet, den zu loben, dessen Ausfluß diese unaussprechliche Seligkeit ist!

Festlicher Tag! dich haben wir gefeyert, mit Lob-Gesængen dich gefeyert, da sie vom Himmel kam, die jugendliche Seele, in ihrem Leibe zu herrschen. Wir sahn es, wie jede Tugend in reinem Glanz empor wuchs, wie Lilien im Fryhling empor wachsen. In unsichtbarer Gesellschaft haben wir immer dich umschwebt; wir, ô was fyr Lust! wir haben jede deiner Thaten, jeden deiner Wynsche bemerkt, jede Thræne gesehn, die deine Tugend dir entlokte; und izt, ô! fliegt ihrer Umarmung entgegen, und krænzt sie mit himmlischen Rosen; izt ist sie dem Staub entstiegen!

Dort ligt sie die Hylle, wie eine welkende Blume ligt sie dort; nihm ihn zuryk den Staub, mytterliche Erde, daß jeden Fryhling sanft dyftende Blumen aus ihm empor blyhn. Festlicher Tag! dich wollen wir feyern, mit Lob-Gesængen dich feyern, so oft ein Fryhling dich wieder herfyhrt, dich Tag, an dem der erste Gerechte der Erde entstieg.

So sangen sie, und liessen auf der glænzenden Wolke sich zur Erde.

Kain irrte im nahen Gebysche, Verzweiflung trieb ihn umher. Er wollte fliehen. Wie konnt er seinem Elend entfliehen? Wie wenn ein Wanderer vor einer zischenden Schlange flieht, er flieht umsonst, umsonst ringt er mit dem Gift-hauchenden Thier; es hat in vesten Ringen um Lenden und Hals sich gewunden; wo soll er entfliehen der Elende? schon nagt sie auf der krampfigt gewundenen Brust, und flœßt das unheilbare Gift in sein Herz. »O daß ich den Anblik des Blutenden nicht mehr sæhe! so rief er, ich fliehe, sein Blut rieselt mir nach, auf der Ferse nach! Wohin flieh ich, wohin? ich Elender! sein lezter Blik! – – ô! was hab ich gethan? du marterst mich, That, mit Foltern der Hœlle! – – Ich habe die Mœrder meiner Kinder vor ihrer Geburt zernichtet! – – Was rauschet durchs Gebysche wie Seufzer des Sterbenden? Weg, bebender Fuß, weit weg, vom rieselnden Blut, weit weg von der schauernden Gegend des Todes! Schleppet mich weg, wankende Knie, mit dem Blut des Bruders besprizt, hin, – – zur Hœlle! so rief er, und wollte fliehen.

Eine schwarze Wolke ließ fyrchterlich sich vor ihm nieder. »Kain! wo ist dein Bruder? rief eine schrekende Stimme aus der Wolke. »Ich weiß es nicht, ich Elender! – – ich hyt' ihn nicht, – – so stammelt' er in schreklicher Verwirrung, und schauerte todtblaß zuryk. Izt donnerte die Wolke, und Feuer versengte das Gras und die Gebysch' umher, und der Engel trat aus der Wolke hervor; von seiner Stirne droheten die Gerichte des HErren, in seiner Rechten flammete ein Donner-Keil, und seine Linke hielt er hoch yber den gebykten Bebenden hin; er sprach und es donnerte: Steh, bebe, und hœre deinen Fluch! so spricht der HErr. Was hast du gethan? Das Blut deines Bruders schreyt zu mir herauf von der Erde, und nun seyst du verflucht vor der Erde, die ihren Mund aufgethan, und das Blut deines Bruders von deinen Hænden empfangen hat. Wirst du die Erde bauen, so sey sie dir unfruchtbar, und du wirst auf der Erde immer flychtig seyn.« Schauer und Hœllen-Angst faßten den bebenden Synder; er sah gebykt zur Erde nieder; er stand, wie der GOttes-Læugner steht, wenn GOtt im ernsten Gericht die Erde beben heißt; wenn die Gewœlber entweihter Tempel einstyrzen, und die Pallæste der Synder tief in den Abgrund sinken, wenn aus dem Tumult der Natur das Geschrey der Sterbenden um ihn her tœnt, und aus den Wunden der Erde schwarze Wolken und Flammen um ihn her hoch aufwallen; so wankt' und bebte der Bruder-Mœrder, so empfand er, sprachlos und blaß wie ein Sterbender; er versucht' es zu reden, und die bebenden Lippen vermochten nicht zu reden; izt stammelt' er, und wagt es nicht, aufzubliken. »Zu groß – ô! zu groß ist meine Missethat, als daß sie ewig mir kœnnte vergeben werden! Heut hast du vor dieser Erde mich verflucht, und ich – – ô wo kann ich vor deinem Antliz mich verbergen? Unstæt und flychtig muß ich seyn. O! wyrde der erste, der mich findt, mich Missethæter tœden!

Siebenfache Rache falle auf den, der dich tœdet, sprach des Donnernden Stimm'; immerwæhrende Angst und nagendes Gewissen werden dein Gesicht und deine Geberde bezeichnen, daß jeder, der vorybergeht, sagt: Das ist Kain, der Bruder-Mœrder; und dann mit Entsezen den Fußsteig flieht, den dich deine irrenden Fysse leiten« so sprach der Engel den Fluch, und verschwand. Schrekliche Donner giengen aus der schwindenden Wolke, und ein Wirbel-Wind zerriß die nahen Gebysche und heulte, wie ein Verbrecher heult, der in den hæßlichsten Martern verzweifelt.

Mit Verzweiflung im Auge stand izt Kain, sein empor gestræubtes Haar schlugen unfreundliche Winde umher; in stummer Betæubung stand er lang da, und izt blikt' er furchtsam wild unter den tief gedrykten Augbramen hervor, und hub mit bebenden Lippen an: »Hætt' er mich vernichtet, ganz mich vernichtet, daß keine Spur mehr von mir in der Schœpfung wære? Oder – – hætt' einer der Donner mich gefasset – tief in die Erde mich geschmettert! Aber er will mich endlosen Qualen aufbehalten. Ich – – vor der ganzen Schœpfung verflucht, ein Abscheu der Natur, – – mir selbst ein Abscheu! – – – O! Schon fyhl' ich sie! Schon fyhl' ich sie ganz, die scheußlichen Gefhrten, die mich, von GOtt, von allem Verlaßnen, mit hœllischen Qualen mich ewig verfolgen werden, dich Hœllen-Angst, Verzweiflung, nagendes Gewissen! O was fyhl ich! – Verflucht seyst du, hingestrekter Arm, der du zum Mord die Keule aufschwangest, du myssest am Leibe verdorren, wie ein Ast am Baum verdorret! Verflucht sey die Stunde, da der Traum aus der Hœlle mich tæuschte! Die Erde heule, so oft du zurykkœmmst! – – Natur! warum giebst du nicht hæßliche Zeichen deines Abscheuens um mich her? Wo mein Fuß auf dir wandelt, da bist du verflucht! Wo bist du? daß ich dir fluche! bist du zur Hœlle zuryk, der du den Traum mir gabst? O daß du endlos fyhlest, was ich izt fyhle; mehr kann ich dir nicht fluchen, ich Elender! – – Ha! dort seh ich ihn, – – sie flammet hoch auf, die Hœlle! wie sie triumphierend zu mir auflæcheln, die Verdammten! Ha! læchelt, Verdammte, zu mir Elenden auf! Oder – – kœnnt ihr noch Mitleid fyhlen, so fyhlt es; so hat noch kein Satan empfunden, wie ich!« so sprach Kain, izt taumelt' er zu einem umgerissenen Stamm; da sezt' er sich hin, ohnmæchtig und sprachlos. Tief staunend, dann erbebt' er und rief: Wer rauscht bey mir vorbey? – der Erschlagne! ô ich hœrt' ihn rœcheln, ich hœrte sein Blut triefeln! O Bruder! – – Bruder! Um meiner unaussprechlichen Qualen willen, verfolge mich Elenden nicht!« Izt saß er wieder tiefseufzend, ohnmæchtig und sprachlos.

Indeß gieng der Vater der Menschen an seines Weibes Seite aus der Hytte. »Wie schœn glænzt uns die Morgen-Sonn' entgegen! so sprach Eva; sanfte vergoldete Nebel umhyllen die durchschimmernde Ferne; wir wollen in die schœne Gegend hinausgehn, und in dem Thau wandeln, bis die wartende Arbeit mich in die Hytte zurykfodert, und dich aufs Feld hin. O Geliebter! wie schœn ist die Erde; ist sie gleich verflucht! zwar schœn gegen dem, ach! durch meine Uebertrettung verlornen Paradiese, wie du schœn warest, in deinen ersten Tagen der Unschuld, gegen den uns besuchenden Engel. Sieh, Geliebter, wie jedes Geschœpfe sich freut, wie von jedem Busch, von jedem Wipfel Gesænge hertœnen, wie jedes hæusliche Thier um die Hytten her munter ist, und mit froher Stimme oder mit scherzenden Spryngen den Morgenstral gryßt.

Ihr antwortet' Adam. Ja, Eva, sie ist schœn, die Erde; ist sie gleich verflucht, so trægt sie dennoch die Spuren, unerschœpfliche Spuren der Gegenwart der unendlichen Gyte fyr uns, die durch den grausamen Fall, durch den schnœdesten Undank uns jeden Anspruches auf Gyte und Erbarmen unwyrdig machten; ja er ist gytiger und gnædiger der Allmæchtige, als unsere Zunge zu stammeln und unsere Seele zu denken vermag. Geliebte! laß uns hinausgehn auf die blumigte Flur, wo Abels Herde im Thau geht; vielleicht finden wir den frommen Sohn, wie er einen neuen Lob-Gesang dem Schœpfer singt.

Vergœnn es mir, sprach Eva, dir zu sagen, Geliebter, was ich schon beym schœnen Aufgang der Sonne dachte. Da legt ich die fettesten Feigen, die mein Vorrath hatte, und gedœrrete Trauben in dieses Kœrbgen; ich will aufs Feld hinausgehn, so dacht' ich, zu Kain meinem Erstgebornen, und diese Frycht' ihm bringen, daß sie, wenn er von der Arbeit ruhet, im nahen Schatten ihn erquiken. Denn, Geliebter! jeder Gedanke, jeder Schritt sey mir gesegnet, der den schwarzen Wahn bey ihm zerstœren hilft, er sey von uns nicht geliebt.

Wie aufmerksam ist deine zærtliche Sorge, geliebte Eva! sprach Adam; habe Dank fyr deinen weisern Rath! laß uns zum Kain hinausgehn, daß er nicht sage, Abel allein sey geliebet; vielleicht daß wir bey der Schœne des Morgens sein Herz den Eindryken der Zærtlichkeit offener finden.« Sie sprachens, und eilten, Eva mit dem Kœrbgen am Arm, hinaus aufs Feld, Hand in Hand; »O wie glyklich! so sprachen sie, und eilten, fænden wir bey der Schœne des Morgens, izt da die lachende Natur jedes edle Gefyhl wekt, sein Herz der Zærtlichkeit offen.

Sie waren hinter einem Gebysche hervorgegangen; Eva zuerst. Wer ligt da? sprach sie, und trat erschroken zuryk, – Adam! – wer ligt da? – nicht wie ein Ruhender bequem, wie an den Boden hingeworfen, das Gesicht gegen der Erde. – Diese goldnen Loken sind Abels, – – Adam! ô warum beb' ich? – Abel! Abel! Geliebter erwache! wende dein holdes Angesicht voll kindlicher Zærtlichkeit zu mir! Erwache, ach! erwache, Geliebter, aus dem unbequemen Schlaf! Izt traten sie næher. »Ha entsezen! schrie Adam, und bebte zuryk; Blut – – Blut fließt von der Stirne – – ums Haupt hin! »O Abel! Geliebter! rief Eva, und hub seinen erstarreten Arm auf, und sank, blaß wie todt, zuryk an Adams bebendes Herz. Beyde vor Entsezen sprachlos, als Kain, der voll Verzweiflung im Gebysche umherlief, unbewußt dem Erschlagenen næher kam; er sah ihn, und den vor Entsezen stummen Vater, und die todtblasse Mutter in seinem bebenden Arm. »Ich hab ihn erschlagen! rief er, bebet vor diesem Donner, ich hab ihn erschlagen! Verflucht sey die Stunde, da du dein Weib umarmtest, mich zu erzeugen! Verflucht die Stunde, da du mich gebahrst, Weib! Ich hab ihn erschlagen! so rief Kain, und floh.

So sizt ein Paar, (sie hatten um jeder Vollkommenheit willen sich geliebt,) da das schwarze Gewitter heraufgieng, falteten sie die Hænde zum Beten; aber der Stral fuhr vor ihnen hin mit erstikendem Dunst; leblos an einander gelehnt sizen sie da und scheinen zu leben; so blaß, sprachlos und unbeweglich, nur daß sie bebten, sassen sie lange noch, Adam erwachte zuerst. »Wo bin ich? so stammelt er, wie bebet mein Innerstes? – – Ach GOtt! GOtt! – – ja, dort ligt er, ô ich elender, elender Vater! ô wie hæuft sich mein Entsezen? sein Bruder hat ihn erschlagen, das rief er, und flucht' uns, und floh. O Entsezen, kaltes eiskaltes Entsezen erschyttert mich! der mir fluchte, ist mein Sohn; der hier erschlagen im Blut ligt, mein Sohn! Ich Elender! was fyr Unglyk, was fyr Qual hab ich yber mich und meine Kinder gebracht! O Abel! Abel! – – – Eva, und du erwachest nicht wieder zum Jammer? Bist du in meinem Arm todt? und ich – ô ich Elender! ich allein bleib' im Elend zuryk! – – doch – – Lob sey dir – – ein kalter Schauer des Todes schleicht durch mein Blut ums bebende Herz her – mein Aug erlischt – – – ô! du zœgerst! Tod! Tod! mit allen deinen Schreknissen willkommen! du zœgerst! O GOtt! – – Abel – mein Sohn! mein bester Sohn!« so rief er wieder, weinte zu der Leiche hin, und Todes-Schweiß floß in seine Thrænen. »Und du erwachest wieder, Eva! so fuhr er fort, ô zum unaussprechlichen Jammer! und dein Aug œfnet sich wieder! Welch ein Blik aus den Thrænen hervor, ô du theure Gefehrtin des Elends!

Adam! sprach Eva mit sterbender Stimme, – – Nein, sie donnert nicht mehr, die Stimme des Fluchenden! Sie hat uns geflucht, die Stimme des Mœrders! ô fluche mir! mir allein, Bruder-Mœrder! Ich Elende! ich habe die erste gesyndigt! – – ô Abel! geliebtester Sohn! izt sank sie aus Adams Arm auf den Erschlagnen hin; »Mein Sohn! mein Sohn! rief sie, und winselte auf der erkalteten Leiche. O GOtt! sein starres Auge wendet sich nicht zu mir! Sohn! Sohn! erwache! vergebens ruf ich, ach! vergebens. Er ist todt! Das, das ist der Tod! der nach der Synde uns angefluchte Tod! Und ich – ô unaussprechliche Marter! meine Gebeine beben, ich habe zuerst gesyndigt! Du Mann! theuerster Mann! jede deiner Thrænen ist mir ein schreklicher Vorwurf, du syndigtest von mir verfyhrt! Von mir – von mir fodre des Sohnes Blut, weinender Vater! von mir, den Bruder, elende Kinder! Mir, mir fluche, Mœrder des Bruders! ich habe zuerst gesyndigt. O Sohn! Sohn! mich klagt es an, dieß Blut, mich elende Mutter! so rief sie, und ihre Thrænen quollen auf die Leiche hin.

Mit Augen voll unaussprechlichen Schmerzens sah izt Adam sein Weib an, und sprach: »Ach! Eva! wie quælest du mich! Ich beschwœre dich, Eva! bey unsern Schmerzen, ô bey unsrer Liebe, Weib! beschwœr ich dich! laß ab von solchen Vorwyrfen gegen dich, die ich so zærtlich liebe! sie martern mich, unaussprechlich martern sie mich! O der schreklichen Folgen! wir haben beyde gesyndigt; aber dennoch sieht GOtt in unsern Jammer herab; ja – – GOtt! du vergœnnest uns, von der verfluchten Welt aus unserm Jammer zu dir aufzuflehn! Du hast den Synder nicht ganz vernichtet; wir leben, Eva! stirbt die Hylle gleich weg, die Seele lebt, ist sie tugendhaft, ewiger Belohnung entgegen. Doch ja! – das wære Trost

– heilender Trost! Aber ach! vom Bruder erschlagen! ach GOtt! er ist vom Bruder erschlagen!

Ja, geliebter Sohn! rief Eva, und ihre Thrænen quollen stærker, dir hat der schrekliche Tod den Weg aus dem Jammer geœfnet, sollten wir dir nicht nachweinen? Wir bleiben im Jammer zuryk. Wie sie da ligt die Hylle! O! das Læcheln kindlicher Zærtlichkeit ist von den verstellten Wangen gewichen, blaß mit eignem Blut beflekt! dieser Mund wird nicht mehr Engels-Gespræche mir reden! Und dieß starre Aug! ach! es wird nicht mehr Freuden-Thrænen weinen, wie es weinte, wenn es meine Liebe, meine unaussprechliche Liebe, meine Freude yber deine Tugend sah! In was fyr Jammer sind wir gesunken! O Synde! Synde! in was fyr hæßlichen Gestalten – – immer hæßlicher! Ich deine Mutter, deine elende Mutter – – ich bin die Mutter deines Mœrders! Abel! Abel! Geliebter! So rief sie, und lag izt erbærmlich sprachlos auf der erstarreten Leiche. Lang ohnmæchtig sprachlos. »Ich Elender! so unterbrach Adam die traurige Stille, ô wie bin ich verlassen! wie œd, wie traurig ist alles um mich her! Jammer, unaussprechlicher Jammer hat um mich her yber die Natur fyrchterlich sich hingelegt. Ach! er ist todt! der mein Leben mit Trost, mit syssen Freuden, mit seligen Hofnungen schmykte! Sie sind dahin, die Styzen auf die meine Hofnungen sich lehnten, sind dahin! Du, geliebtester Abel, du todt! ach! und du – – ô! meine Gebeine beben! Kain, ein fliehendes Ungeheuer, ein Abscheu der Natur! O GOtt! der du unser Elend siehest, GOtt! ô verzeihe, verzeihe dem untrœstlichen Jammer, wenn wir winseln und im Staub uns wælzen, wie Wyrmer uns wælzen, (und was sind wir vor dir, wir Synder im Staube!) ô wenn wir wie Wyrmer im Staube uns wælzen, denen die Hælfte auf dem Stein zertretten ist! So jammert Adam.

Izt stand er blaß und stumm; so steht die Bild-Sæule des Jammers, yber dem bemoßten Grab im œden schwarzen Zypressen Hain! Sein Haupt senkte sich zu der traurigen Scene hin, ein schrœklich banges Stillschweigen herrscht' izt umher, izt wankt' er zu Even hin, und nahm ihre sinkende Hand von der Leiche, und drykte sie inbrynstig an seine Brust. Eva! theurs Weib! so sprach er, auf sie hingelehnt, erwache! Theuerste! erwache! hebe dein Angesicht auf, von der bethrænten Leiche auf zu mir; erlige nicht unter dem Jammer! Erstikt dein Schmerz jede Zærtlichkeit, jedes Angedenken fyr mich, deinen Mann? O hebe dein Angesicht auf, zu mir auf, theuerstes Weib! Billich fyhlen wir die unaussprechlichen Schreken des Todes, billich jeden Jammer, jede schrekliche Folge unsers Falls! Aber untrœstlich im Staub uns zu wælzen, ist Beleidigung, ist Synde! Syndlicher Vorwurf, als hætte die ewige Gerechtigkeit uns zu sehr gestraft! O Eva! erwache aus dem verzweifelnden Jammer, ehe die ewige Gnad' uns Unwyrdigen jede Quelle des Trostes entzieht!« so rief Adam; und Eva hub ihr Angesicht von der Leiche empor, und weinte zu Adam auf, und dann zum Himmel: »O GOtt! verzeihe mir Elenden! verzeihe, ô Mann! ô Geliebter! Unaussprechlich ist mein Schmerz! und du liebest mich noch, mich – die Schuld jeden Elends, des Bruder-Mords, dieses hingeflossnen Bluts! Adam! ô laß mich weinen auf deine Hand hin, auf diese Leiche, in dieß Blut hinweinen! – so sprach sie, und drykt ihr bethræntes Gesicht auf seine Hand.

So weinten, so jammerten beyde, eins an das andre hingelehnt, als eine glænzende Gestalt yber die Gegend daherwandelte. Ihren sanften Fußtritt bezeichneten schnell entstandne dyftende Blumen; Friede saß auf der glænzenden Stirne, und trœstende Freundlichkeit in dem Glanze der Augen, und der himmlischen Schœnheit des Mundes und der Wangen. Ein weisses Kleid, heller als silberne Wolken, die den Mond umhyllen, umfloß die schlanke Schœnheit, in glænzend fliegenden Falten. So trat die himmlische Gestalt einher, und erhellete rings um sich das frischere Gryn der Gegend. Eva! sprach Adam, hebe dein thrænendes Aug empor, halt jeden Seufzer zuryk; sieh jene himmlische Gestalt sich næhern; sieh wie friedsam, wie mit trœstender Mine sie dahergeht! Schon leuchtet Trost in das Dunkel meines Jammers. Weine nicht, Eva! Steh auf, laß uns dem Himmlischen entgegen gehn. Izt lehnte sich Eva an ihren Mann auf, und der Engel stund vor ihnen.

Er sah staunend auf den ersten Todten hin; nicht lange, da richtet' er sich mit himmlischer Freundlichkeit zu Adam, und dem an ihm hingelehnten Weibe. Von seinem Glanze floß ein helleres sanftes Licht yber sie hin. Izt sprach er mit sanfter harmonischer Stimme: Seyd mir gesegnet, die ihr bey der Hylle euers Sohns hier weint; seyd mir gesegnet! Mir hat der Allmæchtige vergœnnt, in euerm Jammer euch zu besuchen. Unter den Engeln, die euch Menschen auf dieser Erde immer umschweben, hat euern Sohn keiner so zærtlich geliebt, wie ich. Immer hab ich an seiner Seite geschwebt, wenn nicht Befehle vom Hœchsten von ihm mich trennten. Oft, wenn seine Tugend in hohen Empfindungen emporschwebte, dann in Freuden-Thrænen oder in Lob-Gesænge sich ausgoß, (oft sangens die umschwebenden Engel ihm nach,) dann lispelt' ich Engels-Gedanken ihr zu, so wie sie die Seele, im Staube gehyllt, fassen kann. Weinet nicht untrœstlich, als wær er ganz dahin, untrœstlicher Jammer gebyhrt unsterblichen Seelen nicht. Der Tod hat seine Seele der niederdrykenden Fesseln des Leibes entladen; frey und ungestœrt ist izt seine Tugend, seine Vernunft und seine Wissens-Begierde; er ist selig, seliger als die Seel im Staube fassen kann, in der Gesellschaft der Engel, næher bey GOtt. Weinet um ihn, Geliebte! aber nicht untrœstlich; ihr myßt eine kleine Zeit nur ihn missen; bald wird der Tod euch nachholen, zwar in verschiedenen Gestalten, aber dem Frommen immer ein lang erwarteter Freund. Adam! so befiehlt der Ewige, gieb diesen verwesenden Leib der Erde; grab eine Grube, und bedek' ihn mit Erde.« So sprach der Engel, und blikte mit himmlischer Freundlichkeit sie noch einmal an; sein Blik hub ihre Seelen aus dem Jammer empor. so erquiket den myden Wandrer der kyhle Trunk aus einer klar rieselnden Quelle; lange schon hatt' er den heissen Sand auf Wildnissen durchwandelt, bald wær er vor brennendem Durst ohnmæchtig hingesunken, aber plœzlich erblikt er die Quelle, die silbern ihm entgegen rauscht; da ruhet er froh, denn ihr rieselnder Lauf fyhrt seinen Blik in eine Gegend hin, wo jede Schœnheit der Natur ihm entgegen lachet; dort wird der freundliche Hausherr in seine Schatten ihn nehmen, und mit jeder sanften Erquikung bewirthen.

Voll hoher edler Empfindung sah Adam in den zerfliessenden Glanz hin. Sey uns gesegnet, himmlischer Freund! so rief er dem schwindenden Engel nach; ô GOtt! wie bist du gnædig! du siehest in unser Elend herab, und befiehlest den Engeln, daß sie uns trœsten. Sollten wir, da deine Allgegenwart uns umgiebt, da du gnædig herabsiehest, da die umschwebenden Engel jeden unsrer Seufzer bemerken; sollten wir da wie Verworfne im Staub uns wælzen? Sollte unsre Seele untrœstlich jammern, sie, die ewig ist, sie, die unendlicher Seligkeit entgegen wandelt, untrœstlich seyn, daß ihr kurzer Weg mit Ungemach besæet ist? Zwar Thrænen sind wir dem Seligen schuldig, er ist in diesem Leben unsrer Umarmung entrissen; aber mehr Thrænen und Gebete sind wir dem Synder schuldig. O GOtt! wie wollt ich da froloken, wyrdest du ihn nicht ganz von deinem Angesicht verbannen? O GOtt! er ist der erste aus meinen Lenden, der erste, den Eva mit Schmerzen gebahr. Doch, Eva, wenn wir unermydet fyr ihn zu GOtt aufflehen, sollten wir auch da an seiner Gnade zweifeln? Wir wæren der unendlichen Gnad unwerth, mit der er uns Synder nicht verwarf, mit der er uns so unaussprechliche Verheissungen gab, da wir bebend – – ô! nicht Gnade, ewiges Gericht erwarteten wir. Laß uns nicht zœgern, Eva, des Hœchsten Befehl zu gehorchen; ich will den Leichnam zu unsern Hytten hintragen, und da des Seligen Staub der Erde geben. »Geliebter! sprach Eva, meine Seele windet sich empor aus dem Jammer; ich will an den hohen Trœstungen, an deiner stærkern Tugend will ich Schwache mich vest halten, wie schwaches Epheu am starken Stamme sich vest hælt. Izt nahm Adam die Leiche auf seine Schulter, und weinte unter der traurigen Last; und Eva schluchzte an seine Seite gelehnt. So giengen sie den Hytten zu.

DER
TOD ABELS.

FUNFTER GESANG.

THirza war izt aus einem unruhigen Schlummer erwachet; ængstlich sprang sie vom Felle-bedekten Lager auf. So springt der erschrokne Wandrer auf, der sich myde unter dem schyzenden Felsen gelagert hat, wenn im schrekenden Traum der Fels yber seinem Haupt hoch herunterstyrzt, ihn hat sein gytiger Engel gewarnt, er bebt zuryk, der Fels styrzt, er sucht den Gesellen seiner myhsamen Reise, und weiss noch nicht, daß er erschlagen unter dem Felsen ligt. So bebte sie auf, da sprach sie. »Was fyr Schrekbilder sind im Traume bey mir voryber gegangen? Dunkle Schrekbilder, ich kann sie nicht nennen. Sey mir gegryßt, liebliches Tages-Licht! du hast sie von meiner Stirne verjagt. Seyd mir gegryßt, ihr meine angenehme Sorge, ihr Blumen umher! euer mannigfaltiger Morgen-Geruch soll mein zerstœrtes Haupt erfrischen, und ô ihr frohen Bewohner der Luft! wie froh wirbelt euer Morgen-Lied! meine Stimme soll sich zu eurer mischen, und mein Lob und mein Dank sollen mit dem Dank der ganzen erfrischeten Natur empor duften. Dank und Lob stammelt meine Seele dir, du Schœpfer und Erhalter! deine Allgegenwart wachet yber uns mit segnendem Auge, wenn Nacht und Schlummer uns umhyllen. O – – mein Lob und mein Dank wallet empor mit dem Dank der ganzen erfrischeten Natur!« Izt war sie aus der Hytte gegangen unter die Blumen, frisch aufgeblyhet, ihnen raubten die Morgen-Winde die ersten Geryche. »Aber, so fuhr sie fort, noch sizt Angst tief in meinem Busen, noch bebet mein Herz; Was ist diese ungewohnte Angst? Ich kann sie nicht nennen; fyrchterlich wie die Gewœlke, wenn sie Gebyrgen gleich den Horizont hinanziehn; dann verstummet die Stimme der Freude, und die schauernden Gefilde erwarten ein Gewitter. Wo bist du, Abel? mein Bruder, du – Hælfte meiner Seele! Ich eile in deinen Arm, von dunkeln Sorgen verfolgt, wie einer eilt, der des Nachts im einsamen schwarzen Hain irret, wenn ængstliche Schauer seine Fysse beflygeln.

Sie sprach so und eilte, als Mehala aus ihrer Hytte ihr entgegen gieng. »Sey mir gesegnet, geliebte Schwester, rief sie ihr zu, wohin soll dein eilender Fuß, wohin? so mit dem los fliegenden Haar, mit keiner Morgen-Blume geschmykt?

Ich eile, sprach Thirza, ich eile in den Arm meines Geliebten; mich haben im Schlaf ungewohnte Schreken geængstigt, und noch izt sizen sie schwer in meinem Busen; Der schœne Morgen hat sie nicht verscheucht, izt eil ich zu meinem Geliebten. O! sie fliehen mich in der Umarmung des Geliebten, wenn auch der aufblyhende Fryhling, wenn das Læcheln der ganzen Natur sie nicht verscheucht.

Kains Vermæhlte sprach izt und seufzte, wo myßt ich meinen Trost herholen! glykliche Schwester! fænd ich ihn nicht bey dem liebenden Vater, und bey der zærtlichen Mutter, und bey dir, Thirza, und bey deinem Geliebten. Ja, bey euch entlad ich mich der bangen Sorgen, die Kains Unzufriedenheit auf meine Tage hæuft. Ach! die ganze schœne Natur hat fyr ihn nur Quellen zu schwarzem Unmuth; die Arbeit, die sein Feld fyr seinen Reichthum fodert, ist ihm unerträgliche Last; und, ô! wie quælet mich sein Groll gegen den frommen Bruder!

Mehala weinte, und die zærtliche Schwester umarmte sie mit zitternden Thrænen im Auge. »Geliebte! sprach sie, ô wie oft entloket das meinem Geliebten und mir in schlummerlosen Stunden der Nacht bittre Thrænen! Wir ringen dann die Hænde, dann beten wir zu GOtt auf. Ach mœcht' ein Stral seiner Gyte die schwarzen Schatten aus seinem Busen verdringen, in denen so hæßliches Unkraut emporwæchßt, und jede seiner Tugenden erstikt! dann wyrde die sanfte Ruhe um unsre Hytten her wieder aufblyhen, und der Gram von der Stirne des liebenden Vaters und der zærtlichen Mutter entfliehn.

Mehala sprach weinend: »Dieß, ach, dieß ist mein Gebett! ach! wie manche mitternæchtliche Stunde! wenn ich dann still weinend die Hænde yber meinem Haupt ringe, wenn ich bet' und weine, und wenn mein Schmerz und mein Seufzen oft laut wird, und er an meiner Seite erwachet, dann schrekt mich seine donnernde Stimme zuryk, daß ich die erquikende Ruh' ihm stœre, das einzige Glyk (so sagt' er) in diesem Elend, auf dieser von dem Ræcher zu sehr verfluchten Erde. Ach! Thirza! dieß ist mein seufzendes Gebete, wenn ich bey hæuslichen Geschæften in der Hytte size; dann weinen meine unschuldigen Kinder um mich her, wenn sie meinen Schmerz und meine Thrænen sehen, und fragen stammelnd und schmeichelnd, warum die betrybte Mutter weint? Ach! Thirza! ich verwelke unter dem Schmerz, wie eine Blume verwelket, der ein yberhangendes schwarzes Gebysche, den erquikenden Thau und den wærmenden Sonnen-Stral raubt. Noch vor dem Morgen-Roth gieng er heut aus der Hytte; und ô wie fyrchterlich! noch nie ist der Unmuth so auf seiner Stirne gesessen, Zorn blizt' aus seinen Augen, unter den fyrchterlich niedergedrykten Augbraunen hervor, er fluchte, da er yber die Schwelle gieng; ich hœrt' es, und bebte; er fluchte der Stunde seiner Geburt, so gryßt' er den læchelnden Morgen. Zwar, Thirza, auch du hast es oft gesehen, daß seine Tugend durch die Finsterniß durchdringt, und sein Gemyth aufheitert, dann weint er, und flehet Vergebung, daß er uns beleidigt hat; Aber, ach! bald verbirgt sich ihr Licht wieder, wie in tryben Tagen des Winters die Sonne oft lieblich durchbricht, dann schliessen die traurigen Wolken sich wieder; zulezt aber, ô Thirza. dafyr wollen wir unablæssig zu GOtt aufflehen, diese Hofnung næhre ich immer, zulezt wird ein heitrer Fryhling sie ganz verjagen.

Mehala sprach so, als Thirza erblassend in die Gebysche hinhorchte: Was fyr ængstliche Tœne gehn dort aus den Bæumen her? so sprach sie, und bebte, – – so hat kein Schmerz noch geklagt, Schwester! – – dort von den Bæumen her – Mehala! Ach! – dieß Jammern kœmmt næher! – – GOtt! – – Izt sank Thirza in ihrer Schwester Arme.

Adam gieng mit wankendem Schritt unter den Bæumen hervor; auf seiner Schulter trug er die traurige Last, den Leichnam seines Sohns; neben ihm gelehnt gieng Eva; oft hub sie ihr Gesicht voll unaussprechlichen Schmerzens empor, und sah die blutige Leiche, und dann verbarg sie es wieder, in die Thrænen-triefelnden Loken..

In Todes-Blæsse lag Thirza in ihrer Schwester bebendem Arm; Mehala sank auch hin, unter der hingelehnten Last; bebend und ohnmæchtig vermochte sie nicht die Schwester zu halten. So wie, wenn drey liebenswyrdige Gespielen, (so zærtlich haben sich noch keine geliebt,) wenn sie Hand in Hand am schœnen Sommer-Abend aufs weisse Aehren-Feld gehen, und ein plœzlicher Donner vor ihre Fysse sich hinschleudert, betæubt styrzen sie aufs Feld hin; wenn dann zwoo von ihnen aus der Betæubung bebend erwachen, und den Aschenhaufen ihrer Freundin vor sich sehn: so erschroken erwachten die Schwestern, und sahn den Erschlagenen. Adam hatt' ihn auf das Gras hingeleget, und hielt sein weinendes Weib, daß sie nicht hinsank. – – Wo bin ich? rief Thirza, wo? O GOtt! – – noch ligt er da – – Abel! ô warum mußt' ich erwachen? – verhaßtes Licht! – – Ach! ich Elende! – – Mehala! ach! ich Elende! noch ligt er da, todt! O Schreken! du styrzest auf mein Haupt hin, wie ein Donner! – Verhaßtes Licht! warum mußt' ich erwachen?

Thirza! so rief Mehala mit bebender Stimme. – – laß – – ô laß dich vom schreklichsten Gedanke nicht schreken! auch mich – – auch mich schlægt er wie ein Donner! – – Thirza! ach! du sinkest wieder! – – Erwache, Thirza! laß uns hingehn; wir haben noch nicht jedes Elend gesehn! er ist nicht todt – – laß uns hingehn; deine Stimme, deine Umarmung werden ihn weken.

So sprachen die Schwestern, und izt lehneten sie bebend und kraftlos an einander sich auf, und wankten zu der Leiche hin. »O Adam! Eva! wie sie da stehn und weinen! – – ich bebe; – – so stammelte Thirza, und izt stand sie neben der Leiche. – – Abel! – – Abel! – – Geliebtester! du – – ô mein Glyk, mein Leben, mein Alles! – – erwache! – – Ach Elend! du erwachest nicht! Abel! – hœre mein winselndes Schreyen! hœre, ach hœre dein Weib!« Izt styrzte sie auf die Leiche hin, und wollt' ihn umarmen; da bebte sie laut schreyend zuryk, sie hatte die Wunde gesehn, und das Blut auf der Stirne. Sprachlos und starr, wie ein Todter, saß sie izt, blaß wie ein Marmor, Verzweiflung im weit offenen unbewegten Auge. Neben ihr weinte Mehala, rang die Hænde yber dem Haupt, sah mit bethrænten Augen hinauf zum Himmel, dann weinte sie wieder zur Leiche hin.

Adam fyhlte ihren Schmerz, weinte und wollt' ihnen Trœstungen stammeln; Geliebte! ô Mehala! ô Thirza! kœnnt' ich Elender euern Jammer stillen! Ach! weinet nicht untrœstlich! Da wir bey dieser Leiche untrœstlich weinten, Eva und ich, da kam in himmlischer Schœnheit ein Engel zu uns, mit Trœstungen vom Himmel. Weinet nicht untrœstlich, so sprach er, nicht untrœstlich, als wær er ganz dahin; Begrabe die Hylle von Staub; seine Seele ist der Fesseln des Leibes entladen; er ist selig, seliger als die Seel' im Staube fassen kann; eine kleine Zeit nur myßt ihr ihn missen, dann seyd ihr mit ihm seliger als die Seel' im Staube fassen kann. Geliebte, ach! entweihet den Seligen nicht mit trœstlichem Jammer!

Noch saß Thirza betæubt und sprachlos, indeß daß Kains Weib die Hænd' yber dem Haupt rang, und ihr Jammer so klagte: »Vater! Vater! laß uns weinen.! ô wie erbærmlich ligt seine Hylle da! du unser Trost, du unser Entzyken. Abel! ach! du hast uns verlassen; und unser sysses Geschæfte wird seyn, um dich zu weinen, bis in die Stunde unsers Todes um dich zu weinen. Ja, du bist hinyber gegangen in die Seligkeit, deren Erwartung dir so manche heilige Thræn' entlokte, deren Erwartung mir so manche Thræn' entlokt. O! wir weinen dir nach, aus diesem Schatten des Todes dir nach! Du hast uns verlassen; und unser sysses Geschæfte wird seyn, bis in die gewynschte Stunde des Todes um dich zu weinen! Kain! Kain! wo warest du da, als dein Bruder starb? O hættest du da noch mit bryderlicher Zærtlichkeit ihn umarmt, da noch um des Sterbenden Segen gefleht, ô wie hætt' er mit sinkenden Armen dich umfasset, mit sterbenden Lippen noch dich gesegnet! welch ein sysser Trost, welche heilende Erquikung wære das in kommenden Tagen gewesen! - Aber - GOtt! - - was fyr neuer Schmerz machet dich ohnmæchtig? - - du sinkest zuryk, Eva! Adam - - ô was fyr Entsezen breitet sich yber dein Gesicht aus? Schrekliche Ahnung! Wo ist er! Adam! Eva! Wo ist Kain? Wo ist mein Mann?

Hingesunken rief izt Eva: Wohin, wohin verfolgt sie ihn, die ewige Rache? O GOtt! der Elende! Er - - ha! bebe zuryk, schwarzer Gedanke! Mich, mich allein martre wie eine Hœlle in meinem Busen, schwarzer, hæßlichster Gedanke! O ich Elende! was mußt' ich - - Mehala rief: Donnere es ganz yber mich aus, Mutter! ganz yber mich, das Ungewitter! Ha! Schon styrmt er in meinem Busen, der donnernde Gedanke! Vater! Mutter! ô Schonet nicht! »Kain! Kain! ô unaussprechliche Qual! - - - Er hat ihn erschlagen, Mehala! ô Thirza! er hat ihn erschlagen! rief Eva; und war izt vor unaussprechlichen Schmerzen sprachlos.

In stummem Entsezen bebte Kains Weib; keine Thræn' entfloß dem starren Auge, kalter Schweiß floß von der Stirne, die blassen Lippen bebten; da rief sie: Er hat seinen Bruder erschlagen; Kain, mein Mann, hat seinen Bruder erschlagen! Entsezen! - - Wo bist du,

Bruder-Mœrder! Wohin – – wohin verfolgt dich dein Verbrechen? Hat – – ô! hat GOttes Donner den Bruder gerochen? Bist du nicht mehr? Elender! wo bist du? wo jagt dich die Verzweiflung umher? So rief sie, und risse sich die Loken vom Haupt.

Bruder-Mord! rief Thirza, ha – wie konnt' er, wie konnt' er, den Tugendhaften, diesen Frommen? mit Augen voll Liebe muß er ihn angeblikt haben! Kain! ô verflucht – – verflucht sey – – O Thirza! fluch' ihm nicht, Thirza! rief Mehala, fluch' ihm nicht; er ist dein Bruder, er ist mein Mann! nein, laß fyr den Synder uns beten. Da er blutend hinsank, der Tugendhafte, da hat er mitleidig ihn angeblikt, hat ihn gesegnet. Izt fleht er fyr ihn, izt vor des Ewigen Thron. Laß unser Gebet aus dem Staube zu seinem Gebet emporsteigen. O fluch' ihm nicht, Thirza! fluche dem Bruder nicht.

Wohin reißt mich mein Elend! sprach Thirza! ich hab ihm nicht geflucht, Mehala! Ich habe dem Elenden nicht geflucht! – – Izt sanke sie auf die Leiche, kyßte die Blut-besprizten Wangen und die erkalteten Lippen, lange in sprachlosem Schmerz, dann hub sie oft unterbrochen so an: O warum konnt' ich nicht, da du hinsankest, die erblassenden Lippen noch kyssen, noch einmal deine Liebe von deinen Lippen hœren! dann, ô dann hætte dein sterbendes Auge noch einmal mich angeblikt, und – – ô wær ich dann in deiner lezten Umarmung gestorben! – – O daß ich styrbe, daß izt mein Leib erblasset neben dem deinen læge! Aber ach ich bleibe in unaussprechlichem Jammer zuryk! Was bisher schœn war, wird meine Schmerzen mehren. Schattigte Lauben, in euch wird mir seyn, als fragt' eure Dæmmrung mich, wo ist er, der ehmals in unsern Schatten voll Entzykens dich umarmte? Die rauschenden Quellen werden fragen: Wo ist er? Verlaßne! – In euern Schatten, an euerm Ufer werd ich fyrhin nur meinen Jammer weinen. Fyr immer, ach! fyr immer hat er mich verlassen. Ach – – immer werd' ich ihn sehen, dieß starre ausgeloschene Aug, diese Todes Blæsse, dich Blut auf der Stirne und auf der Blæsse der Wangen! O fliesset ihr Thrænen! fliesset unaufhaltsam auf den verwelketen Leib! Er – – ach er war die schœne Hylle, die die edelste Seele zu meiner Umarmung erniedrigte; wie herrlich glænzte jede Tugend sichtbar in liebreizender Schœnheit, glænzt' im milden Auge, læchelt' auf Wangen und Lippen! izt ist sie dem Leib entrunnen; zu rein, zu selig zum Umgang mit Sterblichen, zum Umgang mit mir. O fliesset ihr Thrænen, fliesset unaufhaltsam auf die verwelkende Hylle, bis meine verlangende Seele ihren Staub bey dem seinen zuryke læßt!

So jammerte Thirza, und weint auf die Leiche hin. Eva sahe das Jammern ihrer Tœchter mit gedoppeltem Schmerz. »O Kinder! so rief sie, wie fyhl' ich euern Schmerz zu dem meinen, wie martert mich euer Jammer! O wie sind eure Klagen so nagende Vorwyrfe fyr mich! – – fyr mich, die die Synde, den Fluch und den Tod in die Welt gebracht hat; verzeihet, ô verzeihet mir Elenden, verzeihet eurer Mutter, die euch mit Schmerzen gebahr.« Da sie so sprach, umfaßten die Tœchter ihre Knie, und riefen so zu ihr auf: »Um der Schmerzen willen, mit denen du uns gebahrest, Eva! laß ab von solchen Vorwyrfen gegen dich, mehre unsern Jammer nicht mit neuen Qualen. O die du mit Schmerzen uns gebahrest, laß ab – – nenne sie nicht Vorwyrfe, diese Seufzer, diese Thrænen; O kœnnten wir unserm Schmerz befehlen, so wyrde kein Seufzer mehr unserm Busen entrinnen, keine Thræne dem Auge. Aber wie kœnnten wir widerstehen, wie der Natur, wie der zærtlichsten Liebe widerstehen? Sie fodern diese Thrænen.« Da sie so der Mutter Knie umfaßten, und mit bethrænten Augen zærtlich zu ihr aufsahn, da sprach Adam: »Geliebte! laßt uns nicht længer zœgern, des Hœchsten Befehl zu vollziehen; laßt uns diese Hylle, laßt uns den Vorwurf unsrer Thrænen und unsers Klagens der mytterlichen Erde wieder geben. Die heilende Zeit und die siegende Vernunft werden unsern Schmerz lindern; er wird dann seyn, wie das Verlangen einer Braut nach dem Tage, der sie in des Geliebten Arme fyhrt. »Gieb ihn der mytterlichen Erde, so sprach Thirza, und sah weinend zu ihm auf. Aber, geliebter Vater! noch einmal will ich yber ihm weinen, dann gieb ihn der Erde; und izt lag sie mit ausgebreiteten Armen yber die Leiche hin.

Izt grub Adam ein Grab in die Erde, und Eva und Mehala standen weinend an der Seite. Inzwischen kamen Kains unschuldige Kinder von ihrer Hytte her, Hand in Hand bebeten sie næher. »Josia, Geliebter! sprach der goldlokichte Eliel, was ist das fyr ein Jammern? Laß uns næher gehn; sieh, Abel – wie er da ligt, wie blaß, wie mit blutigen Loken! so, Bruder! so ligt ein Lamm, das man zum Opfer geschlachtet hat. »Geliebter Eliel! sprach der kleinere Josia, sieh wie Thirza yber ihn weint; sieh, und sein starres Auge bliket sie nicht an; laß uns weggehn; ich bebe, mir schauert vor dem Anblik;

laß uns voryber eilen zu der weinenden Mutter.« Izt eilten die Kinder voryber, und schmiegten sich an ihr auf. »Mutter! so fragten sie, warum weinet ihr alle? Warum ligt Abel da wie ein Opfer-Lamm?« Izt umarmte Mehala ihre Kinder, und weint' auf sie hin, und sprach: Geliebte Kinder! der Tod hat seine Seele aus dem Staube genommen, und zu den Engeln in ewige Freuden hinybergebracht. »So wird er nicht wieder erwachen, sprach Eliel, und weinte laut, er wird nicht mehr erwachen; er, der die frommen Lieder uns lehrte, der uns so zærtlich liebte – – der, Josia! auf seiner Schooß gegen einander yber uns sezte, und vom Schœpfer und von den Engeln und von den Wundern der Natur uns erzehlte, der wird nicht wieder erwachen! O unser Vater! wie wird er weinen, wenn er vom Felde zuryk kœmmt! So sprachen sie, und schmiegten sich weinend in die Falten des Kleides, das von den Hyften der Mutter herunter floß.

Izt hatt' Adam die Grube gegraben. »Erwache, Thirza! Geliebte! erwache! laß uns nicht zœgern, diesen Staub der Erde zu geben; der HErr befahls, Thirza! laß uns nicht zœgern!« So rief Adam, trat hin und nahm zærtlich ihre Hand; sie erwachte, stumm war sie yber der Leiche gelegen, und izt erwachte sie aus einem heiligen Gesicht. »Ja ich hab ihn gesehen, in himmlischem Glanz trat er hervor; wie herrlich! ich habe den Seligen gesehen! – – – Thirza! Weine nicht, weine nicht, ich bin selig; bald wirst du zu mir hinybergehn, dann wird kein Tod mehr uns trennen. So sprach er, verschwand himmlisch læchelnd, und himmlischer Glanz floß in seine Fußtritte zuryk. So sprach Thirza, und erhabener Trost leuchtete in ihrem Gesicht; begrabe, geliebter Vater! begrabe die Hylle von Staub. So sprach sie, stand auf, und stand neben der Mutter und Schwester, und izt verhyllete die Mutter, und die Schwestern verhylleten ihr Gesicht in die los fliegenden Loken, denn Adam umwand weinend die Leiche mit Fellen, und legte sie ins Grab, und warf die Erde daryber. Izt laßt uns zu dem Hœchsten beten, sprach Adam, geliebtes Weib! geliebte Kinder! hier neben dem Grabe laßt uns hinknien. Izt knieten sie neben dem Grabe hin, Eliel und Josia knieten neben der Mutter. So betete mit auf die Brust gefalteten Armen der erste Vater.

Der du hoch im Himmel wohnest, GOtt! Schœpfer! ewige Gerechtigkeit! unendliche Gyte! Hier ligen wir vor dir, hier beym Grabe des ersten Verwesenden, wir Synder im Staube, und flehen zu dir auf. O laß unser Gebet zu dir aufsteigen! Blike gnædig zu uns herab, in dieses Thal des Todes, in der Synde Wohnung! Groß ist unser Verbrechen, grœsser deine ewige Gyte! Was sind wir Unreine vor dir? und doch wendest du dein Angesicht nicht von uns! Wir winseln im Jammer, den wir selbst yber unser Haupt ausgegossen haben; und du siehest mild in unsern Jammer herab. Du vergœnnest uns zu dir aufzuflehen; denn du hast den Synder nicht verlassen. Ewig seyst du gelobet, du hoch im Himmel! dich lobet nicht nur der læchelnde Fryhling, nicht nur die Heitre des Himmels verkyndigt dich, dich verkyndigt der bryllende Donner, wenn er in schwarzen Wolken daherfæhrt, der Sturmwind verkyndigt dich, der yber die Erde hinheult, daß Gewitter dahergehn, und rauschende Regen. Dich lobe die læchelnde Freude, dich die Thræne des Jammernden! Wir haben ihn gesehen, den Sohn der Synde, den Tod; in schreklicher Gestalt ist er zu unsern Hytten gekommen, schrekliches Verbrechen (hat die Erde da nicht geheult, haben nicht Ungewitter yber ihnen sich zusammengezogen?) schwarzes Verbrechen hat bey der Hand ihn hergefyhrt; der erste aus meinen Lenden – – Meine Gebeine erbeben! er hat seinen Bruder dem Tod hingegeben! O wende dein Angesicht nicht von mir, wenn ich mich unterwinde, fyr ihn zu beten! Verwirf ihn nicht ganz von dir, ewige Gnade! Blik ihn an, den Synder, daß seine Seele vor dem Verbrechen erbebe, daß er vor dir auf der Erde sich wælze, weine, um Vergebung unablæssig dich flehe; und wenn er unablæssig dich fleht, wenn das Verbrechen ihn mit unaussprechlichen Martern quælt, dann, ô dann streue Samen des Trostes in seinen Jammer! GOtt! ô GOtt! verwirf das kyhne Gebet nicht! Ich habe die Erde aufgegraben, ich habe die bethrænte Erd' auf den Leib des Erschlagenen hingeworfen; hœre unser Gebet; es steigt herauf zu dir, von dem Grabe des ersten Verwesenden! O hœr uns! HErr! HErr! hœr uns, wenn fyr den Erstgebornen wir zu dir aufweinen, ô laß ihn nicht vor deinem Zorn vergehn! Hœr uns, wenn wir fyr ihn in Schlaf-losen mitternæchtlichen Stunden zu dir aufweinen; zu dir aufweinen, wenn die Sonne kœmmt, und wenn sie niedergeht. Doch Heil uns! Heil! Lob, ewiges Lob dir! du hast die Seele des Erschlagenen zu dir aufgenommen. Er hat sein erstes Opfer der Tod! wir werden ihm folgen, eins nach dem andern in die dunkle Grube hin, ins Ewige hinyberfolgen. O du! dessen Wink den Himmel schuf, sein Wort die Welt! sie werden vergehen, die Himmel und die Erde werden vergehen, und du bist ewig. Wir leben im

Staub, und unser Staub wird dahinfallen. Du bist unwandelbar ewig, und wirst uns zu dir hinaufsammeln, den byssenden Synder, den Frommen, der næchtliche Thrænen weint, daß seine Tugend seinen Wynschen so unvermœgend ist, noch Fleken der menschlichen Schwachheit hat; du wirst sie aus dem Staube herauf sammeln, daß sie ewig sich freuen, daß sie izt rein sind, rein wie die Engel. Denn – unaussprechliche Verheissung! Des Weibes Saame wird der Schlange den Kopf zertreten! Hypfe, Erde! lobsinge ganze Natur! wir wollen ihn loben, auch wenn Unglyk um unsere Scheitel donnert. Der Mensch ist gefallen, von der angeschaffenen Wyrde tief hinunter gefallen, aber, Heil uns! GOtt hat ihn nicht ewig verworfen; und seine Gyte bliket auf uns, auch wenn er Gericht hælt. Er fiel; er, den GOtt so selig schuf; und da er gefallen war, stand der Synder bebend da, und erwartete tief gebykt, voll unaussprechlicher Angst, ewigen Fluch, ewiges Gericht; was geringers konnt' er erwarten? Aber, die ganze Natur feyert das grosse Geheimniß: Er wird der Schlange den Kopf zertreten! Grosses Geheimniß! Zwar umhyllet dich ein heiliges Dunkel, jedem Geschaffenen undurchdringbar, du grosse Versœhnung des Synders mit GOtt! – – Und wir sollten mit entweihenden Thrænen im Staube winseln, daß der Traum dieses Lebens mit Freud' und Betrybniß wechselt, bis der næhernde Tod die Seel' aus dem beflekten Staub aufwekt, und sie der Fesseln des verdienten Fluchs entladet? Dann geht sie hervor, die Seele die im Staube gehyllet ihre Wyrde nicht vergaß, die GOtt liebte, der durch unendliche Wunder, unendliche Gyte, zur Liebe sie anflammt. O ich sehe sie, die heilige Zukunft! ich sehe sie, die der Tod hinybergebracht hat; ein zahlreiches Geschlechte, rein wie Flammen, die Engel auf dem Altar vor dem Thron opfern, unter den Engeln stehn sie, und singen ewige Lob-Gesænge zum Glanz umhylleten Thron auf! O was fyhl' ich? wie hebt sich meine Seel' empor! so hat sie noch nie empfunden; Lob – – Lob stammelt sie dir, unendliche Gyte! Sie schwimmt in heiliger Entzykung; und dæchte sie stark, wie der erste der Engel, sie kœnnt' es nicht reden, nur stammeln – – nur empfinden!

Izt schwieg Adam, und blieb lang in heiligem Stillschweigen; und die mit ihm um das Grab knieten, blieben auch lang in heiligem Stillschweigen. Die Natur um sie her feyerte die Scene in festlicher

Stille, und an dem offenen Glanz-vollen Himmel gieng keine Wolke yber ihnen daher.

Bald kam der Abend mit kyhler Dæmmerung und ruhiger Stille. Kain war, von bangem Schauer und nagendem Gewissen herumgetrieben, in der Wildniß umhergeirret; myd saß er izt gegen dem kommenden Mond yber, und da tœnte seine schrekende Stimme so durch die Abend-Stille. »Dort vom schwarzen Berg herauf schwimmt der volle Mond durch den dystern Himmel daher, und streut Schimmer und Stille umher; alles athmet Ruhe und Erquikung unter dem dicht besæeten Sternen-Gewœlbe; aber der Mensch nicht, Wehklagen und Jammer steigt von ihren Hytten empor; Ich, ich Verruchter! ich habe den Jammer zu ihren Hytten gebracht! Mich klagen sie an, diese Seufzer, dieß Winseln des Elends, das von ihnen durch den næchtlichen Himmel emporsteigt! Heut – – hœrt es, ihr Sternen! hœr' es, Mond! und werde blasser, und umhylle dich! Heut – – der Tag sey verflucht! Hat deine Schwester, die Erde, das Blut des ersten Erschlagenen getrunken; und ich Elender, der ich hier bebe, ich gab es der Erde – das Blut meines Bruders! O fyrhin versagt mir euern gytigen Einfluß, versagt ihn dem Aker, den ich pflyge, und der Gegend, die ich bewohne; ich habe meinen Bruder erschlagen! Umhylle mich, schwarzes Dunkel! verbirg mich vor den Augen der Natur! Ich will in deiner Hylle fliehen, mit meinem Elend fliehen, dahin, wo kein Fußtritt im schimmlichten Grase dahergeht, zwischen Felsen-Klippen zu wohnen, wo stinkendes Wasser wie Thrænen von dem Felsen triefelt, tief in die sumpfigte Wohnung hæßlichen Ungeziefers, wo dunkles wild verwebtes Gestræuch, die Wohnung der Raub-Vœgel, hoch yber mir den Anblik des Himmels mir raubt; da will ich klagen und heulen, und mich auf der Erde wælzen. Wenn dann der Schlaf Schreknisse von schwarzen Flygeln yber mich ausstreut, dann wird sein Bild vor mir stehen mit zerschmettertem Haupt und Blut-triefenden Loken.

So bebte, so jammerte Kain im Finstern der Nacht; izt schwieg er, lang schwieg er in sein Elend gehyllt, und der næchtliche Vogel sang weit umher schychtern keinen Laut, nur ein leises Murmeln gieng durch die Gegend; izt hub er wieder an, und sah schauernd umher. »Jammert um mich ihr Hygel, ihr Haine jammert um mich, ich bin elend, unaussprechlich elend; und der Elende verdienet ja Mitleid. Jammere um mich, du ganze schœne Natur! fyr mich, ach!

fyr mich nicht mehr schœn! Ihr Zeugen der Allgegenwart eines gytigen GOttes! aber fyr mich nicht mehr gytig; das kann er nicht, fyr mich ein ewiger Ræcher!« Da schwieg er wieder, und hub wieder an: »O! izt kann ich weinen, ich konnte nicht weinen, izt fliessen Thrænen; ihr werthen Zeichen des gemilderten Elendes! erst noch Verzweiflung, izt jammernde weinende Wehmuth. O! fliesset ihr Thrænen, wyrdige sie aufzunehmen, Erde! ich bin von dir verflucht; aber – – ô nihm sie willig auf, die Thrænen meines unaussprechlichen Elends! – – – Was fyr ein Gedanke steigt in mir empor! – – – Sie fliessen stærker die Thrænen; – – Ja ich will – – izt, da die Nacht mich umhyllt, will ich hingehn zu den Hytten der Jammernden, noch einmal sie sehn, noch einmal sie segnen – segnen – ich? – – Zyrnende Winde werden ihn von meinen Lippen verwehen, den veræchtlichen Segen, ich Elender, ich kann sie nicht mehr segnen! Ich will dennoch hingehn, ich will hingehn, und sie segnen und weinen, und dann – – ach! und dann auf ewig weit von ihnen fliehen. Mehala! weit von dir, von unsern Kindern weit wegfliehn, auf ewig!« Izt konnt er nicht mehr; er schwieg, und gieng den Hytten zu, und nezte den einsamen Weg mit Thrænen.

Izt gieng er eine grynende Laube vorbey; der Gemordete hatte sie hoch auf den sanften Abhang der Anhœhe gepflanzt. Blyhe auf, so sprach er, da er sie pflanzte, blyhe mit sanft erquikendem Schatten hoch auf, daß spæte Enkel in deiner Dæmmerung sich erzählen, hier hat Eva ihren Erstgebornen empfangen, hier gryßte sie ihn weinend zum ersten mal auf die Welt; ihn, den ersten Trost der einsam durchlebten Tage. Sie nannt' ihn Kain, hieng auf ihm voll unaussprechlichen Entzykens, und kyßt' ihn und sprach: Ich habe von dem HErren dich empfangen. Der Bruder-Mœrder gieng mit weggewandtem Gesicht vorbey, Angst-Schweiß floß von seiner Stirne, kaum trugen ihn die wankenden Knie voryber. So bebt der bey seines Vaters Grab vorbey, der dem hungernden Greisen, da er myd vom Felde zuryk kam, Gift in der Speise auftischete; wenn ihn, da er voryber geht, das Rauschen und die sanften Geryche der Blumen-Krænze verfolgen, die seine frommen Schwestern um den Aschen-Krug gehængt haben. Izt war er voryber gebebt, den Hytten næher. Der Mond-Schein streute blasses Licht durch die bedekenden Aeste der Bæume auf sie hin, und traurige Stille ruhete um sie her. Er sah sie, und weinte, und rang die Hænde, und blieb lange stumm, unaussprechlicher Schmerz schwoll sich in seinem Busen; er stund schauernd da in der œden Stille. »Wie still ruhet die Trauer hier! so sprach er leise, oder dieß Lispeln – sind es nicht Seufzer? Ist es nicht das Winseln des næchtlichen schlaflosen Jammers von den Hytten her? – – Hier – – hier bebt er im Dunkeln, von der Hœlle verfolgt, der euch zu Wohnungen des Wehklagens gemacht – – der – – ach! ich Verfluchter! die Ruhe und jede hæusliche Freude von euch verjagt hat. Und ich wag es, die Luft zu athmen, durch die die Seufzer der Wehklagenden zittern; die Gegend wag' ich zu betreten, die dem Jammer der Frommen, dem Jammer yber mein Verbrechen geheiligt ist! – – Fliehe! entweihe nicht die heilige Gegend! – – Ach! – – ich will fliehen. ich Elender! Nur noch zween Augenblike soll mein Auge voll Verzweiflung euch ansehn; vergœnnt es, vergœnnt es mir Elenden, nur wenige Thrænen noch zu weinen, die wunden Hænde noch einmal hier zu ringen, dann will ich fliehen! Seyd mir gesegnet! ô seyd mir gesegnet! – – ihr, ach ich Elender! bald hætt' ich die heiligen Namen entweiht, mit denen die heiligsten Bande, das edelste, was Menschen fyhlen, sich nennen; Seyd mir gesegnet! O daß mit dem Dunkel der Nacht jeder Jammer von euch wiche, und zu dem meinen sich gesellete, meiner treuen Gesellschaft, durch die vor mir her verfluchte Welt! Daß ihr den auf ewig verges-sen kœnntet, dessen Bild euch mit Martern verfolgt; daß ihr auf ewig mich vergessen kœnntet! Schreklicher Wunsch des æusserst Elenden!

Izt stand Kain im Dunkeln, und weinte, und rang die bebenden Hænde, als jemand durch die Nacht dahergieng mit langsamem Schritt. Ein kalter Schauer, wie ein Schauer des Todes, umfloß seine Seele; er wollte bebend fliehen, und konnte nicht fliehen, er sank ohnmæchtig am Gebysche hin.

Thirza hatte in der trauervollen Nacht ihr einsames Lager verlas-sen, und gieng izt mit Thrænen benezt hinaus, und sezte sich im bethauten Gras neben dem Hygel des Grabes; sie rang die Hænde, und sah mit starrem Blik in den bestirnten Himmel; dann sank sie wieder aufs Grab, und ihre Thrænen quollen auf die aufgeworfne Erde hin. »Hier – – hier, so jammerte sie, hier ligt meine Ruhe, jede meiner Freuden; hier, unter dieser Erde, die meine Thrænen ver-schlinget. Ach! ist keine Ruhe, keine Erquikung mir ybrig gelassen, in den thrænenvollen Næchten? O fliesset ihr Thrænen! ihr seyd die traurige Erquikung, wenn ich Stunden lang aus seinem Grab euch verweine, wenn ich hier Stunden lang in der traurigen Todes-Stille seufze. Zwar – – Geliebter! ich habe dich gesehen in himmlischem Glanze; wie herrlich! Aber ach! – – sollt' ich dir nicht nachweinen? Du bist in diesem Leben voll Jammer fyr immer, fyr immer mir entrissen! – – Ich hatte mich ohnmæchtig geweint, ich hatte neben dem theuern Pfand unsrer Liebe mich ohnmæchtig geweint; erquikende Ruhe hat sich yber seine Augen gebreitet; ach! es læchelt im Schlaf, und kennt das Elend des Sterblichen noch nicht, weiß den Verlust nicht, den es erlitten hat. Vergebens hab ich mich auf das œde Ehebett geworfen, vergebens den Schlummer gefleht; bange Einsamkeit und marternde Unruhe, ach! sie haben sich fyr immer dahin geleget, wo die eheliche Zærtlichkeit und die sysseste Ruh' in deinem Arme wohnten, in diesem Leben voll Trauer fyr immer mir geraubt. O Elend! von einem Bruder mir geraubt! – – wo ist er – – der Elende? Wo foltert ihn sein Verbrechen? Du – – ewige Gyte! ô verschmæhe nicht mein winselndes Gebet, wenn ich unermydet fyr ihn um Erbarmung flehe; verschmæh' es nicht, wenn er Busse thut, im Staube sich wælzt, zu dir aufweint und um Erbarmung dich fleht! so sprach sie, und lautes Schluchzen hemmt' ihr izt die Rede. Wie oft – ô wie oft warest du der stille Zeuge, (so fuhr sie fort und styzte die Augen empor,) du sanfter Mond, wie oft warest du unsrer Zærtlichkeit Zeuge! wenn wir mit umschlungenen Armen in deiner Dæmmerung einsam giengen, wenn seine syssen Lippen die heilige Tugend mich lehrten, wie oft warest du Zeuge! izt ligt seine verwesende Hylle hier, dein trauriger Schimmer beleuchtet sein Grab; hier, der sysseste Trost des frommen Vaters und der zærtlichen Mutter, hier, ach! hier mein theuerster Mann! Izt schwieg sie lang, in tiefe stumme Trauer gehyllet, und izt sah ihr trauriger Blik die stille Gegend durch. »Wie hell! heller als alle andern, schimmert dort die Laube; heilige grosse Gedanken steigen aus meinem Jammer empor,(so fuhr sie fort) hell wie du, Mond, in das Dunkel der Nacht empor steigest; wie glænzt dort die Laube, wo du, Abel, beym Schimmer des Abend-Roths mich umarmtest! Wie selig, so sprachest du, und dryktest an deine Brust mich und weintest, wie selig ist es, tugendhaft zu seyn! wie selig den zu lieben, dessen Ausfluß alle diese Schœnheit ist! wie selig, wenn jede unsrer Thaten den Beyfall bemerkender Engel verdient! Was fyr eine Wollust gleichet der Empfindung der Allgegenwart GOttes, in dieser Schœpfung voll Schœnheit; der Empfindung der Tugend, die uns solche Thrænen entlokt! Wer so seine Tage durchlebt, dem ist der Tod nicht schrekhaft, was er auch seyn mag; das wissen wir doch, ô unaussprechliche Gnade fyr den Synder! daß er den Leib von der unsterblichen Seele sœndert, daß sie sich empor schwinge, unendlich selig zu seyn. Thirza! so sprachest du, und dryktest mich feuriger an deine Brust; wenn ich vor dir aus dem Staube gehe, vor dir selig bin, ô dann weine nicht lang yber meinem Staub! Was ist die vom Schœpfer dir angemessene Zeit? Wenn wir in der Unendlichkeit uns wieder finden, ewig selig zu seyn. Geliebtester! so sprach ich, und drykte feuriger dich an meine Brust; und wenn der Tod vor dir aus dem Staube mich ruft, dann wein' auch du nicht lange yber meinem Staub; jenseit dem Grabe werden wir uns wieder finden, ewig selig zu seyn. – O styrze nicht zuryk, Seele, in trostloses Elend nicht zuryk! Hebe dich empor an dem mæchtigen Trost, denke deine Unsterblichkeit, und siehe yber deinen Kummer weg, hinaus in die Seligkeit, die die dunkeln wechselnden Auftritte dieses Lebens sich næhernd vor sich wegdrængt. Wyrde die Seele vergehen, und mit dem Leib in den Staub hinsinken, ô wie kœnnt' ich dann mich trœsten? Trost-los wyrd ich yber deinem Grabe dann weinen, und meine Vernichtung flehn; aber sie ist unsterblich! nein, sie soll nicht unryhmlich unter dem Schmerz erligen! Ihr Engel! die ihr izt mit leisen Flygeln mich umschwebet, sie soll nicht unryhmlich unter dem Schmerz erligen, sie ist unsterblich wie ihr! doch fliessen sie noch die Thrænen! O fliesset ihr Thrænen! seyd seinem Staube geheiligt, er gieng vor mir her, ewig selig zu seyn. – Auf deinem Grabe, Geliebter! (sie fliessen wieder stærker die Thrænen, – – ô styrze nicht zuryk, Seele! in trostlosen Jammer nicht zuryk!) auf deinem Grabe soll eine Laube empor blyhen, manche Thræne wird zwar auf deinen Staub hinfliessen, in ihrem Schatten will ich dann meine feyerlichsten Stunden leben, und in heiligen Entzykungen in die Ewigkeit hinyber sehen! so sprach sie, und stand izt yber dem Grab. Nun hætte meine Seele Erquikung gefunden, aber ach! nagender Kummer! ihn hat der Bruder gemordet! Allmæchtiger! so betete sie, und warf sich auf ihre Knie hin, ô hœre, hœre mein Flehen! laß ihn Gnade finden den Synder! laß ihn Gnade finden! O dieß will ich von dir flehen, wenn der Abend-Stern glyhet, und wenn der rœthliche Morgen heraufgeht.

Indeß bebte Kain im Gebysche; und izt sprach er voll Verzweiflung: »Ich will fliehen! fort, Verruchter, von der heiligen Scene! fort – Ich Elender! warum kann ich nicht? – – Drængt euch nicht um mich her, ihr – ô! hœllische Gestalten sperren die Flucht! – Laßt mich – laßt mich fliehen – ô laßt von der heiligen Scene mich fliehen, hœllische Gestalten! – ich kann nicht fliehen, – ich Elender! – Wie sie jammert! und ich kann nicht fliehen! – Sie jammert nicht mehr – – ô Tugend! Tugend! Was fyr Hofnungen, was fyr Trost! fyr mich, ach! fyr mich ewig verlohren, ach! ohne Hofnung, entfernteste Hofnung bin ich elend! – – Izt izt fyhl ichs, wie ich elend bin, ô was fyr Qualen! Neue unnennbare Qualen! du Hœlle! in deinem tiefesten Abgrund hast du nicht schreklichere Qualen! – – Sie betet – – ô! sie betet fyr mich, fyr mich! – – und du hassest mich nicht, und du fluchest mir Elenden nicht! Unaussprechliche Gyte! ô was empfind ich, was empfind ich bey diesem Glanze der Tugend! Mein Elend steht mir fyrchterlicher entgegen, dunkel, schwarz, wie tiefe Klyfte am Eingang der Hœlle, ich fyhl es stærker, mit hœllischeren Qualen fyhl ichs, das nagende Verbrechen! – Und du betest fyr mich, Thirza! – zuryk, bebe zuryk, zu kyhner Wunsch! Nein, GOtt kann es nicht erhœren, GOtt ist gerecht! – Sie geht zuryk, vom Grabe des Erschlagenen – – O wag ichs, ich Elender! auf ihrem Pfad mich zu wælzen, Thrænen des unaussprechlichen Elends auf ihrem Fußpfad zu weinen! Nein – – schauere zuryk, dort jener Hygel vom Mond beschienen, ist sein Grab! schauere zuryk von der heiligen Gegend, flieh Verruchter! so sprach er, und bebte zuryk. Izt floh' er, und stand wieder still und rang voll Verzweiflung die Thrænen-benezten Hænde; so rief er: O ich kann nicht, ich kann nicht fliehen.! Wie kœnnt' ich? ach Mehala! ach meine Kinder! ach wie kœnnt ich ewig von euch fliehen, und nicht noch einmal vor euch mein Elend weinen, vor euch im Staube mich wælzen, vor dir Mehala! Vielleicht daß du Thrænen des Mitleids fyr mich weinest, vielleicht mir nach-segnest. – Aber ich – von GOtt verflucht, ich wynsche mir Segen von dir! Hasse mich, fluche mir nach, mein Verbrechen verdient alles! dann will ich fliehen, belastet mit dem Fluche der ganzen Natur, mit dem Fluche von dir. O Jammer! hœllischer unaussprechlicher Jammer! nein ich kann nicht fliehen. Geliebtes Weib! geliebte Kinder! ich geh, izt geh ich, vor euch mein Elend zu weinen, vor euch im Staub mich zu wælzen; und dann, dann will ich fliehen. Izt gieng Kain, fern vom Grabe weg, der Hytte zu. Er gieng, dann stand er bebend still, izt war er vor die Hytte hingewankt. Lang bebt' er da, blaß wie ein Todter, und izt wagt' er den bebenden Schritt, und wankt yber die Schwelle.

Mehala saß da, beym blassen Lichte des Monds, selbst blaß wie der Mond in Wolken gehyllt; sie weint' und jammerte auf ihrem einsamen Bette, und die winselnden Kinder schluchzten um sie her. Sie sah ihren Mann, und sank laut schreyend, ohnmæchtig auf ihrem Bette hin; indeß liefen die weinenden Kinder herbey, und winselten um seine Knie. »Vater! ach – Vater! trœste sie, trœste die weinende Mutter! Ach was fyr Jammer ist in unsre Hytten gekommen! sey uns willkommen, Vater! wie lange hast du deine Rykkunft gezœgert? so stammelten die Kinder, und hiengen um den Vater her; er wankte in ihrer Mitte, und seine Thrænen quollen auf sie hin. Voll unaussprechlichen Schmerzens vermocht er nicht zu reden, er sank in den Staub vor seines Weibes Fysse; die Kinder weinten laut um ihn her, und Mehala erwachte, und sah, wie ihr Mann vor ihren Fyssen sich wand, und den Staub mit seinen Thrænen nezte. O Kain! Kain! so rief sie und weinte laut, und riß die Haarloken von ihrem Haupte. »Mehala! (so stammelte Kain zu ihr auf) verzeihe, ô verzeihe mir, daß ich es wage, ich Elender, ich unsers Bruders Mœrder! daß ich es wage, noch einmal vor dir zu weinen, vor dir noch im Staube mich zu wælzen. O vergœnne diesen lezten Trost mir, den lezten Trost in meinem unaussprechlichen Elend! ô fluche mir nicht, Mehala! daß ich es wage, vor dir noch im Staube mich zu wælzen. Ich will izt fliehen, in die œde Welt hinaus fliehen, von GOtt verflucht, von unaussprechlichen Martern verfolgt. O fluche mir nicht, mir deinem elenden Mann! »Kain! Kain! so rief Mehala, (voll unaussprechlicher Wehmuth) Mœrder des besten Bruders, mein Mann! O Kain! Kain! Elender! was hast du gethan?« Izt antwortete Kain, und blikte zu ihr auf; der wehmythige Blik redete seine Qualen alle; ô verflucht sey die Stunde, da ein Traum aus der Hœlle mich tæuschte! Ach! ich wollte diese winselnden Kinder vor einer Zukunft voll Elend retten, und erschlug ihn; verflucht sey die Stunde! und erschlug den frommen Bruder. Und izt – ô! sie wird ewig mich martern, mit Martern der Hœlle, die schrekliche That! Vergiß mich, Mehala! vergiß deinen Mann! Fluche mir nicht, Weib! ô fluche mir nicht! izt will ich fliehn, ewig von dir, ewig von euch, Kinder! von GOtt verflucht. Die Kinder heulten um ihn her, und

rangen ihre kleinen Hænde yber den lokigten Hæuptern; und Mehala sank an seine Seite hin. »Empfange diese Thrænen, empfange
diese Zeugen des Mitleids; (sprach sie, und weinte auf ihn hin) du
willst fliehen, Kain! in die einsame Welt hinaus fliehen. O wie
kœnnt ich in diesen Hytten wohnen, indeß daß du einsam verlassen
in Wildnissen jammerst? Nein – Kain! mit dir will ich fliehen, an
deiner Seite; wie kœnnt' ich Hylf-los in Wildnissen dich lassen! Wie
wyrde die Unruhe mich quælen! Wyrde nicht jeder traurige Ton,
der in der Natur um mich her tœnte, wyrd er nicht mit der mar-
ternden Angst mich schreken? Vielleicht ist ers, vielleicht winselt er
dort in Hylf-loser Todes-Angst. so sprach sie. Voll verwirrter
Entzykung sah Kain zu ihr auf. – – – GOtt! – – was hœr ich? – – Du
bists! ja Mehala! nein mich tæuscht kein Traum; du bists! – –
O GOtt! was fyr Worte! nein Mehala! Trostes genug mir Elenden,
daß du mich nicht hassest, mir nicht fluchest! Du Tugendhafte,
solltest du mit mir die Strafe des grœssesten Verbrechens tragen?
ô bleibe zuryk bey den Frommen, wo der Segen wohnet! Nein, du
must nicht mit mir elend seyn! Vergiß den Elenden, der, vor der
ganzen Natur verflucht, keinen Ort der Ruhe hat; vergiß den Elenden, nur fluche mir nicht! »Nein Kain! nein, mit dir will ich fliehen,
antwortet' ihm Mehala, mit unsern Kindern will ich in Wildnissen
dir folgen, mit dir jammern, mit dir dein Elend tragen, vielleicht daß
es dir erträglicher wird. Meine Thrænen sollen mit den Thrænen
deiner Busse fliessen, an deiner Seite soll mein Gebete mit dem
deinen zu GOtt aufsteigen; und diese Kinder sollen um uns her
knien, und Gebete, Gebete fyr dich stammeln. GOtt verachtet nicht
die Busse des Synders; ich will mit dir fliehen, Kain! Unablæssig
wollen wir vor GOtt weinen und beten, bis endlich ein trœstender
Stral von dem versœhnten Richter die hoffende Seele erhellet; – – –
und, Kain! GOtt erhœret das Gebet des byssenden Synders.

O du! (so rief izt Kain) wie soll ich dich nennen? – – ô! wie ein hei-
liger Engel! Was fyr Trost leuchtet in das Dunkel meiner Seele?
Mehala! mein Weib! ja! izt wag ichs, izt wag ichs, dich zu umarmen.
Ach! kœnnt ich meine Empfindung dir ausdryken! das inbrynstigste
Umarmen, alle meine Thrænen kœnnens nicht! Izt drykte Kain sein
Haupt an ihre Brust; seine Seele konnte ihren Dank, ihre Empfin-
dung nicht ausdryken; dann gieng er von ihrer Seite, und umarmte
seine Kinder, dann wieder zu Mehala, und drykte sie inbrynstig an

seine Brust. Izt nahm das zærtlichste Weib ihr jyngstes Kind an ihre Brust, ihrem Mann gabe sie die Rechte, ein anders gieng an der Rechten des Vaters; und Eliel und Josia wischten die Thrænen von den Wangen, und giengen freudig vor ihnen her aus der Hytte. Mehala sah noch weinend umher. Seyd mir gesegnet, (sprach sie) die ich euch verlasse, seid mir gesegnet! Bald will ich von da, wo wir unsre Hytte bauen, zurykkommen, und euern Segen holen, fyr mich und meinen Gnade-flehenden Mann. Izt blieb sie stehen, und weinte wie unentschlossen zu den Hytten hin; aber balsamischere Dyfte, als Dyfte des Fryhlings, umflossen sie. Geh, edels Weib! (so sprach die unsichtbare liebliche Stimme) ich will im erquikenden Traume deiner Mutter deine Grosmuth sagen, und daß du hinausgehest, an der Seite deines byssenden Mannes Gnade von dem allmæchtigen Richter zu flehen.

Sie giengen izt beym Mond-Schein, oft zurykweinend, von den Hytten weg, hinaus in œde Gegenden, wo noch keines Menschen Fuß-Tritt gewandelt hatte.

Über tredition

Eigenes Buch veröffentlichen

tredition wurde 2006 in Hamburg gegründet und hat seither mehrere tausend Buchtitel veröffentlicht. Autoren veröffentlichen in wenigen leichten Schritten gedruckte Bücher, e-Books und audio-Books. tredition hat das Ziel, die beste und fairste Veröffentlichungsmöglichkeit für Autoren zu bieten.

tredition wurde mit der Erkenntnis gegründet, dass nur etwa jedes 200. bei Verlagen eingereichte Manuskript veröffentlicht wird. Dabei hat jedes Buch seinen Markt, also seine Leser. tredition sorgt dafür, dass für jedes Buch die Leserschaft auch erreicht wird.

Im einzigartigen Literatur-Netzwerk von tredition bieten zahlreiche Literatur-Partner (das sind Lektoren, Übersetzer, Hörbuchsprecher und Illustratoren) ihre Dienstleistung an, um Manuskripte zu verbessern oder die Vielfalt zu erhöhen. Autoren vereinbaren direkt mit den Literatur-Partnern die Konditionen ihrer Zusammenarbeit und partizipieren gemeinsam am Erfolg des Buches.

Das gesamte Verlagsprogramm von tredition ist bei allen stationären Buchhandlungen und Online-Buchhändlern wie z. B. Amazon erhältlich. e-Books stehen bei den führenden Online-Portalen (z. B. iBookstore von Apple oder Kindle von Amazon) zum Verkauf.

Einfach leicht ein Buch veröffentlichen: **www.tredition.de**

Eigene Buchreihe oder eigenen Verlag gründen

Seit 2009 bietet tredition sein Verlagskonzept auch als sogenanntes "White-Label" an. Das bedeutet, dass andere Unternehmen, Institutionen und Personen risikofrei und unkompliziert selbst zum Herausgeber von Büchern und Buchreihen unter eigener Marke werden können. tredition übernimmt dabei das komplette Herstellungs- und Distributionsrisiko.

Zahlreiche Zeitschriften-, Zeitungs- und Buchverlage, Universitäten, Forschungseinrichtungen u.v.m. nutzen diese Dienstleistung von tredition, um unter eigener Marke ohne Risiko Bücher zu verlegen.

Alle Informationen im Internet: **www.tredition.de/fuer-verlage**

tredition wurde mit mehreren Innovationspreisen ausgezeichnet, u. a. mit dem Webfuture Award und dem Innovationspreis der Buch Digitale.

tredition ist Mitglied im Börsenverein des Deutschen Buchhandels.

Dieses Werk elektronisch lesen

Dieses Werk ist Teil der Gutenberg-DE Edition DVD. Diese enthält das komplette Archiv des Projekt Gutenberg-DE. Die DVD ist im Internet erhältlich auf **http://gutenbergshop.abc.de**

FSC
www.fsc.org

MIX

Papier | Fördert
gute Waldnutzung

FSC® C083411

Zeitfracht Medien GmbH
Ferdinand-Jühlke-Straße 7
99095 Erfurt, Deutschland
produktsicherheit@kolibri360.de